写作大师课

炒面的100种创意写作法

もし文豪たちが カップ焼きそばの
作り方を 書いたら

[日] 神田桂一 [日] 菊池良 著 / 连雪雅 译

金城出版社
GOLD WALL PRESS
中国·北京

图书在版编目（CIP）数据

写作大师课：炒面的100种创意写作法/（日）神田桂一，（日）菊池良著；连雪雅译．—
北京：金城出版社有限公司，2022．8
ISBN 978－7－5155－2251－7

Ⅰ．①写… Ⅱ．①神… ②菊… ③连… Ⅲ．①日本文学－现代文学－
作品综合集 Ⅳ．①I313.15

中国版本图书馆CIP数据核字(2021)第148564号

写作大师课：炒面的100种创意写作法
XIEZUODASHIKE：CHAOMIAN DE 100ZHONG CHUANGYIXIEZUOFA

作　　者　[日] 神田桂一　[日] 菊池良
译　　者　连雪雅
责任编辑　岳　伟　高　虹
责任校对　许　姗
责任印制　李仕杰
开　　本　880毫米×1230毫米　1/32
印　　张　8
字　　数　110千字
版　　次　2022年8月第1版
印　　次　2022年8月第1次印刷
印　　刷　天津旭丰源印刷有限公司
书　　号　ISBN 978－7－5155－2251－7
定　　价　48.00元

出版发行　金城出版社有限公司　北京市朝阳区利泽东二路 3 号 邮编：100102
发 行 部　（010）84254364
编 辑 部　（010）64391966
总 编 室　（010）64228516
网　　址　http://www.jccb.com.cn
电子邮箱　jinchengchuban@163.com
法律顾问　北京市安理律师事务所　18911105819

假如村上春树为本书写了“前言”

本书的主旨是“速食炒面的做法”，就是这样，不多也不少。没什么实用性，也没有深入的洞察。自始至终，就是在写这个。每年十月都会宣布诺贝尔文学奖得主，我想这本书不可能会得奖。就连“恶搞诺贝尔文学奖”也得不到。

本书网罗了各领域的作家，务求内容丰富多元。包含近代至现代的日本作家、颇具代表性的国际作家、歌手、散文家共计百位，例如，太宰治、三岛由纪夫、托马斯·品钦、安德烈·布勒东等。还包含了文体极具特色的几本杂志。虽然有一部分并非什么人物，请看在有趣的分上，睁一只眼闭一只眼吧。

希望所有人都能轻松翻阅、开怀大笑，在合上书的瞬间忘掉一切，这是本书的目标。不管你喜欢与否，每一篇都隐藏着笑点。我已下定决心只写无聊的事。对，就是那么无聊。

这世上存在着各种文体，每位作家都为确立自己的文体而精进努力。作家就是这样，尽管那么做毫无意义。生性如此，生性使然。读完本书后，若你也能稍有领会，将是我的无上荣幸。

★

撰写本书时，我参考了许多作品。特别是哈特费尔德（Derek Heartfield）①的系列著作带给我莫大启发。最后，以对他的感谢为本文画下句点。

2017年2月　在机场等候前往英国的班机的早晨

村上……，喔不，菊池良

---

① 哈特费尔德（Derek Heartfield），村上春树的小说《且听风吟》中虚构的人物。

本书出现的作家、名人、媒体等所撰写的文章皆是为了向原作者致敬仿写而成。

文章格式与呈现力求与原作者相似。

目录

假如给文豪们出一道命题作文——
写一篇关于“速食炒面”的文章，
文体不限。

太宰治

Osamu Dazai

1909—1948

日本小说家

炒面失格

【第一手札】

我有话要说，我有话要说。我好饿。继续下去，就连我最擅长的耍宝也无法随心所欲地发挥了。禁不住空腹的折磨，我翻找起厨房的柜子。

这是……Henomotin（泻药）。

这是……Pavinal（止痛药。太宰治曾因急性腹膜炎住院，使用该药后成瘾，每天都要注射数次，否则无法正常生活）。

这是……Calmotin（安眠药。太宰治曾服用此药自杀两次）。

噗哈哈哈！我在搞什么，这哪算人过的生活。

【第二手札】

赌上仅存的机会，打开最后的柜子。有一盒速食炒面。

速食炒面得用热水泡才行啊。眼前这坚不可摧的事实，催促我快去烧开水。

将盒盖撕至虚线处，撒调味料、倒热水。什么嘛，这点小事我也办得到。我一边对自己说加油，一边把热水倒进容器。

是说，我有那个能耐沥干热水吗？嗯……有啦，应该吧！

“原谅我吧。”

自顾自地说着，我倒掉了容器中的热水。

【第三手札】

速食炒面。

顺利沥干热水后，张口吸面。

面条蹿出的热气拂面而来。

好暖和啊！

一切都会好起来的。

太宰治

无赖派小说家。本名津岛修治，出身豪门却从未享受过财富权势的好处。一生立志文学，曾参与左翼运动，酗酒，殉情。在其短暂的39年的生命中，他创作了30多部小说，包括《人间失格》《晚年》《维荣的妻子》《斜阳》等。

村上春树

Haruki Murakami

生于1949年

日本小说家

1973年的速食炒面

对于你打算泡速食炒面这件事，我丝毫不感兴趣，也无权多言。此刻的我，就像在电梯间里盯着闪动的楼层数字一样，默默地在一旁看着，仅此而已。

*

你大可随意取出酱汁包与调味料包，在容器里加热水，等上三分钟。这段时间，想做什么都可以，你高兴就好。反正，什么事都不做，时间还是照样过，不管你喜欢与否。

*

翻翻读了一半的书也好，听听刚买的唱片也好。或是，听同居人发发牢骚，这也没什么不好。总之，挨过三分钟就对了，不多也不少。

*

不过，有件事我可以肯定地告诉你——

*

完美的沥水孔并不存在，如同完美的绝望并不存在。

村上春树

1979年以《且听风吟》获得“群像新人奖”，1980年发表长篇小说《1973年的弹子球》，后入围第83届“芥川龙之介奖”；1987年代表作《挪威的森林》出版，引发“村上现象”，奠定了其在世界文坛不坠的名声。村上春树的写作风格深受欧美作家影响，基调轻盈，少有日本战后阴郁沉重的文字气息，被称作第一个纯正的“二战后时期作家”，因其新颖的文风而被誉为日本“八〇年代文学旗手”。

阿瑟·柯南·道尔

Arthur Conan Doyle

1859—1930

英国推理作家

热水的研究

“看来这屋子的主人吃过速食炒面。”

“你怎么知道？”

福尔摩斯环顾屋内，缓缓开口：“你瞧，煤气炉上摆着热水壶。里面的水所剩不多，摸起来是温的。由此可知有人煮过开水。”

“可是，那未必就是吃了速食炒面，不是吗？说不定是用来泡红茶的。”

听到我的反驳，他接着不疾不徐地说：“你摸摸厨房的水槽，摸起来也是温温的吧。也就是说，那儿被倒过热水。华生老弟，如果是泡红茶，你会倒掉吗？”

“不，会喝掉才对。”

“是啊。红茶喝下肚就消失了。水槽既然被倒过热水，很有可能就是倒掉泡面用的热水。”

“不过，也有可能是吃泡面的人为了健康着想，把汤倒掉不是吗？”

“当然，这点我也不是没想到。你再看看冰箱。”

我照着他的指示打开了冰箱。里头几乎空空如也，冰箱门的储物格被调味料塞得乱七八糟。

“冰箱有什么异状吗？”

福尔摩斯微微一笑，说：“你看一下调味料。美乃滋（Mayonnaise，一种蛋黄沙拉酱）用得比西红柿酱多吧？而且瓶子里的美乃滋都挤在瓶口。这就表示，有人刚用过。华生老弟，你觉得有人会吃泡面加美乃滋吗？”

“这……的确，我是没看过有人这样吃啦。”

“所以说，此人很有可能是吃了速食炒面，对吧。”

“原来如此！”

凭借着蛛丝马迹就能推理到这种程度，他那敏锐的观察力着实令人佩服。

阿瑟·柯南·道尔

被誉为“侦探小说之父”，成功塑造了家喻户晓的侦探——夏洛克·福尔摩斯，一生创作了60个关于福尔摩斯的探案故事，包括4部长篇小说和56部短篇小说。代表作有《福尔摩斯探案集》，其中《血字的研究》是他创作的第一本以福尔摩斯为主角的作品。

星野源

Gen Hoshino

生于1981年

日本音乐人、作家

吃速食炒面虽然可耻，但还是要吃

我讨厌速食炒面。况且，那根本不是炒面，因为完全没有炒啊。硬要说的话，还是泡面啊，不过是装在塑料碗里的“泡”面罢了。我就是老说这种话才会交不到女朋友，身边的人也常嫌我事儿。

我讨厌速食炒面的理由还有几点，首先是调味料包。那是什么玩意儿啊！加普通的配菜不就好了。

再来是沥水孔，简直毫无长进，没有一次能完美沥干。迟迟克服不了那个难关，人类还得多加油啊。我就是老说这种话才会交不到女朋友，身边的人也常嫌我事儿（又来了！）。然后啊，倒热水的时候，能不能别让水槽发出“啵”的声响。何必为难水槽，这种情况，厂商应该想办法解决才是。总归一句话，我希望可以不用热水就能做出炒面。我就是老说这种话才会……

星野源

2016年秋季，与日本女演员新垣结衣合演电视剧《逃避虽可耻但有用》而知名度大增，该剧主题曲《恋》大受好评。除个人的音乐事业之外，他还是随笔作家，在各连载刊物担任专栏作家，是多方面发展型的艺人。著作有《苏醒的变态》《从生命的车窗眺望》等。

陀思妥耶夫斯基

Fyodor Dostoyevsky

1821—1881

俄国小说家

卡拉马佐夫的沥水孔

直到打开盖子前，我绝不相信这东西是炒面！不管别人怎么说都一样！

加调味料、倒热水就搞定了？我生来就不擅长做这种事，这不是我会做的事。

因为没有半个人在，我只好自己来。好吧，动手试试。等上几分钟，终于要倒掉热水了。这点小事，我就做给你看。

我不小心烫到的事可别说出去，此事关乎我的自尊。接下来，只要吃掉即可！

一个人吃速食炒面，这样的夜未免太凄凉。烂透了，这样的夜，快点消失吧！我要把速食炒面统统吃光！嘿，你瞧！全都空了吧？这没什么好炫耀的！

吵死了！这我也知道！你听好！我啊，是这世上的一匹孤狼！

陀思妥耶夫斯基

1845年写出处女作——书信体小说《穷人》，1860年发表长篇小说《被侮辱与被损害的》；1866年出版《罪与罚》，为他赢得了世界性的声誉；1868年完成《白痴》，1872年完成《群魔》；1880年发表《卡拉马佐夫兄弟》，这是他最后一部小说，被认为是他一生文学创作的巅峰之作。1881年，其在写作《卡拉马佐夫兄弟》第二部时去世。陀思妥耶夫斯基的文学风格对二十世纪的文坛产生了深远的影响。

松尾芭蕉

Basho Matsuo

1644—1694

日本俳句大师

面之细道

厨房里，忽闻落壶水声。

（《古池塘》：“古池里，忽闻落蛙水声。”）

倾热水，静待沥干时刻。

（《最上川》：“梅雨啊，纷落奔流最上川。”）

闲室内，吸面呼噜声响。

（《蝉》：“寂静中，蝉声渗入岩石。”）

见空盒，狂食已成幻梦。

（《旅途》：“旅途病，荒原驰骋梦魂萦。”）

松尾芭蕉

日本江户时代俳句大师，因把俳句形式推向顶峰，被誉为“俳圣”。由于他的弟子送了一株芭蕉树给他，种在他当时隐居的庭园（后命名为芭蕉庵），此后他开始使用芭蕉为俳号。《奥之细道》为其最知名的代表作，曾多次被改编成纪录片。

田山花袋

Katai Tayama

1871—1930

日本小说家

速食炒面藏在棉被里

正午时分，闲来无事的他心想："这股旺盛的食欲，是因为肚子饿了吧？"

文人吃速食炒面！嘴上说是对这东西有兴趣才吃，其实心底明白不该这么做。他挠着头，取出速食炒面的容器。

壶里的水烧开了。在容器内倒这么多热水，这大概是头一遭吧？

"已经过了三分钟，速食炒面该泡好了！"

倾倒容器一有不慎，底部的热水会一鼓作气冲破盖子吧，他想。不过，热水倒是沥得干净利落。

淋上酱汁，食欲、期待与希望瞬间朝他袭来。他将筷子凑近容器，大口吃起来。

田山花袋

本名录弥，日本私小说开创者，曾师事日本作家尾崎红叶，1891年发表首部作品《瓜田》，来年开始以花袋为号。早期作品带有浪漫主义色彩，后来转为自然主义。1907年的小说《棉被》以露骨的情欲描写引发关注。

漫才

Comic dialogue

日本喜剧表演形式

表演者：速食炒面调味料、酱汁

“大家好——今天我们又来表演了。”

“各位知道速食炒面的正确做法吗？”

“你没头没脑在说啥？这种事，大家当然都知道啦。”

“不不不，其实不知道的人很多喔。今天就让我好好说明，各位要记下来唷。首先 把盒盖撕——撕——撕——整个撕开。”

“欸欸，整个撕开就盖不起来啦！”

“接着在水壶里装水，拿去煮开。”

“对对对，这样才能把面饼泡开。”

“然后，去厕所。”

“哈……？”

“把浴缸里剩下的热水倒进容器。”

“这是哪招？那是炒面盒不是洗衣机。要倒也是倒刚刚拿去煮的开水吧！”

“等待的时间反正没事做，就来看一下《泰坦尼克号》吧。”

“不可以啦！面会糊掉！那部电影将近三个小时呀。”

“等泰坦尼克号撞到冰山开始进水的时候，差不多就要倒掉热水了。”

“有完没完啊你，根本是乱教一通。”

“看到感动大哭的话，边哭边吃面吧。咸咸的泪水可以帮炒面提味。”

“都叫你别再乱教了！算了，算了，我们的表演到此结束。下台。一鞠躬！”

漫才

日本的一种喜剧表演形式，大多由两人组合演出，一个人担任较滑稽的装傻角色负责要笨 另一人则担任较严肃的找碴儿角色负责吐槽，两个人借由彼此的互动讲述笑话。大部分的笑话主题围绕在两人之间的误会、双关语和谐音字词。

大江健三郎

Kenzaburo Oe

生于1935年

日本小说家

万延元年的速食炒面

为了响应体内澎湃暗涌的“期待”，我伸出手指。循着“期待”蠢蠢欲动的手指拿起了速食炒面。做吧！做吧！食欲不断地催促着我。撑起尚未全醒的身体，依着四方形容器上的“做法”操作。转啊转啊，转开水龙头，让水倾泻而出。透明的液体积留在壶底暗处。将水壶放到煤气炉上，开火加热。

等水烧开的那段时间，我持续着做速食炒面的准备——打开盒盖，调味料包与酱汁包被取出。调味料包被撕开，内容物迫不及待地现身。

滚开的热水倒入容器。干面饼在热水的洗礼下焕然一新，活色生香。三分钟后，速食炒面即将诞生。

沥水失败会让炒面的identity（本色）荡然无存。机会只有一次，无法重来。我小心翼翼地倾斜容器，慎重地凝视着倒出的热水。

亨利·米勒（Henry Miller，1891—1980，二十世纪世界文坛最重要的美国作家之一）的悲伤，此时的我感同身受。这辈子没有比倒热水失败更令人悲伤的事了。

面热腾腾的。拌上酱汁，迎面扑来的芳香令我迷醉。面一入口，迸散的酱汁沾染唇边。我从未见过如此真切的炒面。肉体深处深切地感受到速食炒面那固有的浓烈特性。

半晌，空空如也的容器勾出我难以抵挡的睡意。脑袋放空已无力思考，索性躺下入眠。

大江健三郎

日本当代著名的存在主义作家。1957年正式踏入文坛便赢得“学生作家”“川端康成第二”等赞誉。1994年以《个人的体验》《万延元年的足球队》获得“诺贝尔文学奖”。

落合阳一

Yoichi Ochiai
生于1987年
日本媒体艺术家

日清是媒体艺术家

社会学家马克斯·韦伯曾经称近代科学是“去魔幻化”的。近代科学改写了巴斯德以前的魔幻、迷信的世界认知。

但是，社会批评家莫里斯·伯曼认为现代社会是一个“再魔幻”的时代。

科幻作家阿萨·查尔斯·克拉克说：“任何足够先进的科学技术，皆与魔法无异。”我们在现实生活中正享受着许多科技的恩惠，然而却越来越令人难以理解其结构。

其中，最具代表性的就是“速食炒面”技术。虽然我们吃的是普通的盒装快餐面食，但是我们并不清楚，为什么只要加入热水就能做好。

影像世纪的面食烹饪需要铁板和煤气灶，与此相对，魔幻世纪的速食炒面只需要热水而已。高科技已经非常自然地融入了我们的日常生活。

现在是“沉默技术”时代。这是在施乐帕罗奥多研究中心工作的首席科学家马克·威瑟提出的概念。当他在论文中提出这个概念的时候，这还只是一个梦，但它正一步步变为现实。顺便提一下，马克·威瑟还是“ubiquitous Computing”（无尽的计算）的倡导者，他于1999年遗憾离世，然而，我们依然生活在他的梦想世界里。

我认为，我们的社会正在向“数字世界”发展。融入了科技的速食炒面，可以说，就是“数字面条”。

我们在数字的银河里，用日清演奏的音乐继续跳舞。

在此基础上，我想说。

全力拿起水壶，装上热水。不要成为批评家。享受完三分钟的温情，就把一切都倾倒进水槽，沥干水后，浇上酱汁，拿起筷子，开心地吃面条吧。

明天和后天继续吃速食炒面。

落合阳一

曾被票选为“现代日本十大天才”之一。致力于研究CGH、数字制造、人机交互及计算机技术应用领域。2015年获世界技术奖，2016年获奥地利电子艺术节国际大奖和欧盟STARTS大奖，2019年获SXSW创意体验奖，并连续五次在法国拉瓦尔虚拟现实峰会上获奖。

志贺直哉

Naoya Shiga

1883—1971

日本小说家

炒面行路

年轻的贵族院议员A频频被友人告知，速食炒面做好就要马上吃，那才是行家。于是A进入厨房，准备一试。

A拿起水壶，往速食炒面的容器里倒入热水。一心想见证面饼膨胀的模样，他目不转睛地盯着看。

三分钟后，他将变重的容器微微倾斜沥掉热水。

默默咽下满口的唾液。待面条拌匀酱汁后，他犹如枯瘦的饿犬，瞬间扫光了炒面。

吃完后，A感到莫名失落——吃饱了应该很满足才对，我这是怎么了？这股失落感从何而来。想要言明个中缘由却理不出头绪，请容我就此搁笔。

志贺直哉

白桦派代表作家，被誉为“日本小说之神”。著有《清兵卫与葫芦》《和解》《小僧之神》《到网走去》等短篇作品，《暗夜行路》是其毕生唯一的长篇小说。

小泽健二

Kenji Ozawa

生于1968年

日本音乐人

爽快扑通扑通的炒面

“人家想吃速食炒面”，为了达成你的心愿，
烧开水，放调味料，
尽管难为情，还是忙得不亦乐乎。
找人帮忙一起倒掉热水！
冰冷的水槽变得热乎乎！
海苔粉一撒而尽，加上美味的关键——酱汁，
全心全意拌啊拌，踏着雀跃的步伐。

小泽健二

代表作品有电视剧《将太的寿司》主题曲《我们旅行的理由》《爽快扑通扑通的大道》。

雷蒙·钱德勒

Raymond Chandler

1888—1959

美国推理小说家

漫长的速食炒面

【1】

人们与速食炒面最初的相遇，不是在便利店就是超市。只要一点零钱，大概两块美金就能带回家。然后，收进厨房的吊柜，某天想到才拿出来吃。说穿了，速食炒面不过就是这种食物。

【2】

躺在床上的那女人说：“欸，我有点饿。有什么东西可以吃吗？”

遇到这种情况，速食炒面总算派上了用场。这样的关键时刻，人生往往会遇上几次。

【3】

速食炒面得用热水。把装了水的陶瓷壶放在煤气炉上等待水开。水开后，在容器里倒调味料、注入热水，必须等上三分钟。差不多，就是一根烟的时间。

【4】

三分钟后，把烟蒂压熄在烟灰缸，准备倒掉热水。抠起沥水小孔，将热水慢慢地倒进水槽，一股热气迎面袭来。

“好了没？”卧室传来那女人的声音。

什么事都不用做的人还真轻松。我就着威士忌瓶口啜饮一口酒，开始着手最后的步骤。

【5】

将面淋上酱汁，用筷子搅拌。淡黄色的面体被染成褐色。端着面走进卧室，悄悄地放在床头柜上。那女人躺在床上闭着眼。我闻到淡淡的Dior Poison香水气味。昨天的记忆顿时涌现。

正要走出卧室时，女人轻声地说：“把门关上。”我假装没听见似的，悄悄合上了门。

雷蒙·钱德勒

世界上硕果仅存的以侦探小说步入经典文学殿堂的作家，被写入经典文学史册的侦探小说家，被西方文坛称为“犯罪小说的桂冠诗人”，毕生完成七部长篇小说与二十部左右的短篇小说。以侦探马罗为主角的系列是其创作高峰，《漫长的告别》便是其一。村上春树曾说过他毕生的目标是写出陀思妥耶夫斯基和钱德勒合二为一的小说。

正冈子规

Shiki Masaoka

1867—1902

日本和歌诗人、俳句大师

致吃面人的书简

想吃面　水壶响起　嘶嘶嘶
加开水　盖好盖子　再沥干
蛋黄酱　加一点点　好味道

问一声　面疙瘩　是佛吗
紫色的　什么鬼　坏了吗
赤红的　小豆汤　一语成谶

正冈子规

本名常规，别号獭祭书屋主人、竹之乡下人。日本明治时代著名诗人、散文家。代表作品有《月亮的都城》《花枕》《曼珠沙华》《俳句稿》《致歌者的书简》等。

Popeye

Magazine Popeye

日本男性时尚杂志

来自日本的速食炒面是扬名世界的伟大发明!

平常阅读本杂志的都市男子应该都知道，是时候该和各位聊聊速食炒面了。

●

速食炒面很过时呀！也许有不少读者会这么想。别急别急，试着做来吃吃看再说吧。何必早早就下结论。放调味料，加热水，然后倒掉热水，拌酱汁。就只要四个步骤，多帅气潇洒啊，还有什么食物比得上这个，对吧?

●

各位知道现在的速食炒面业界正陷入失控状态吗？厂商推出各种口味，像是香菜口味或巧克力口味等，不赶紧尝尝鲜，商品很快就被抢购一空了！选日不如撞日，快去买来吃吧。你喜欢哪种口味呢？

●

曾在东南亚当过背包客，所以很怀念香菜？OK！那就来试试香菜口味吧。

你一定会想起当地黏腻的湿气，以及那股强烈的鱼露味。

●

人的价值观随时在改变。都市男子们，速食炒面其实是很帅气有型的食物啊。

倘若日后伍迪·艾伦的电影里出现速食炒面，我绝对举双手赞成。

Popeye

日本出版社Magazine House于1976年创办的男性时尚杂志，每月十号出刊。首任总编木滑良久是最早将美国现代生活介绍到日本的媒体人，该杂志在日本国内产生极大的影响。在20世纪80年代的日本，追逐都市流行文化的年轻男子曾被称为“*Popeye*少年”。

池上彰

Akira Ikegami

生于1950年

日本资深媒体人

池上彰的《原来如此！速食炒面学问大》

池上：

速食炒面就是能够立刻做出面食的快餐食品。在1970年代开始贩售，后来变得十分普及。

各位想必都吃过吧。

今天要讲解的主题是，新闻很少提及的“速食炒面的做法”。

听到速食炒面，首先会想到什么呢？没错，就是写着“速食炒面”的商品包装。其实这个包装啊，光看并没有任何意义。剧团一人先生，你知道为什么吗？

剧团一人（日本谐星、作家、演员）：

……要撕掉才行？

池上：

正是如此！要撕掉才行。撕掉包装，打开盖子，取出里面的调味料包和酱汁包。然后，把调味料撒在面上。接着倒热水。倒入热水后……下一步该怎么做呢？

剧团一人：

喝光光？

东千鹤（日本女演员）：

还是说搅一搅。

土田晃之（日本谐星）：

应该是要等一会儿吧？

池上：

土田先生，你答对了。没错，要等三分钟。

剧团一人（举手）：

请问！

池上：

剧团一人先生，怎么了吗？

剧团一人：

刚刚拿出来的酱汁包该怎么办？

池上：

这个问题问得好！酱汁包是之后才会用到的，千万别丢掉。过了三分钟，倒掉热水后，再把酱汁淋在面上。

剧团一人：

是喔——

土田晃之：

原来是淋在面上啊……

池上：

各位都记住速食炒面的做法了吗？学会了怎么做，请试着做做看喔。

池上彰

大学毕业后，进入NHK工作，后来离职成为自由记者，活跃于电视与报纸等媒体。经常撰写有关时事、国际关系等的评论专栏与书籍。其节目《原来如此！新闻学问大》以深入浅出的解说，深受日本民众喜爱。

纪贯之

Tsurayuki Kino

约872—约945

日本和歌诗人

土佐的速食炒面日记

男人会做的速食炒面，身为女人家的我打算也来做做看。

某年十二月二十几号，烧开水、放调味料，同时倒入热水。静候片刻，轻倾容器，将热水从沥水孔倒出，沥干水分。

提笔写下短短几句，速食炒面的做法大抵如此。

某人结束了四五年的地方官任期，完成交接工作后，打开了速食炒面。

都这个年纪，还挺能吃呢，拌完酱汁，望着飘香的速食炒面，夜已深。

二十二日，到了和泉国（现在的大阪府南部），面早发酸。藤原时实（土佐日记中的人物。镰仓时代贵族。右近卫中将藤原公守之子。建永元年成为右近卫少将兼周防守，建历二年官拜右近卫中将，建保三年晋正四位下。出家后，被称为中将入道。）悉数喂给马儿吃。

所有马儿吃光臭酸的炒面，大事不妙，在海边狂泻不止。

纪贯之

日本平安时代前期的和歌诗人，《古今和歌集》的选者之一。其和歌被收录在《小仓百人一首》。他以女性口吻完成《土佐日记》。《土佐日记》是日本假名文学的先驱作品，全文仅用六十二个汉字，有别于之前记录宫中行事等公家性质的汉文日记，成功地将私人化和内省性的内容导入作品中，被视为日本日记文学的鼻祖。《土佐日记》开头的第一句就是“男人家写的日记，身为女人家的我打算也来写写看”。

相田光男

Mitsuo Aida

1924—1991

日本书法家、诗人

因为是速食炒面嘛

倒入热水
等三分钟
沥干热水

明明很简单
却搞砸了
欲速则不达
猴急如我

相田光男

师从诗人山下陆奥，学习书法与短歌，以独特笔法创作平易近人的诗，被称为书法诗人。著有《因为是人类》等书。

宇能鸿一郎

Koichiro Uno

生于1934年

日本官能小说家

食欲的喜悦

总觉得身体不安分地躁动，原来是肚子饿了。

到厨房东翻西找，摸到某物。忐忑不安地拿起一瞧，是速食炒面。

用手指戳破紧绷的塑料膜，撕开包装。不瞒你说，那感觉真刺激。把烧好的开水倒入容器，面饼湿了。耐着性子忍了三分钟，倒掉热水，面饼涨得丰满诱人。

淋上酱汁，拿起筷子一吸，再吸。

口中的面条紧实有弹性，水气润湿我柔软的双唇。大口咽下，全身发烫，爽快的酥麻感直蹿指尖。陶陶发晕之际，裤裆那头似乎也嗨了起来。

我抓紧时机，闪身入厕。

宇能鸿一郎

1961年以《鲸神》获得“芥川龙之介奖”，此作后来被拍成电影。主要作品有《野兽的喜悦》《密戏·不伦》等。

安部公房

Kobo Abe

1924—1993

日本小说家

炒面男

《日本速食炒面的情况》

这是速食炒面的记录。

现在，我正边做速食炒面边写下这个记录。开盖、倒热水，等候三分钟。

也就是说，这三分钟内，我都在做记录。

假如速食炒面只加热水就能做好，那多简单，差不多一分钟就够了。只不过，倒掉热水需要足够的勇气。

对了，你听说过炒面男的传闻吗？不是我啦。炒面男不止我一个，全国各地隐藏着为数不少的炒面男。他们栖身厨房，暗中做炒面。可是，大家似乎都视而不见。

请仔细想想，究竟谁是炒面男，谁不是炒面男。

安部公房

除了是小说家，也是剧作家，其小说《沙丘之女》于1963年获得“读卖文学奖”，之后被改编为同名电影，获得戛纳影展“评审团奖”。主要作品有《箱男》《终点的道标》《方舟樱花号》等。

系井重里

Shigesato Itoi

生于1948年

日本广告文宣创作人

速食炒面，人间新发现

速食炒面这东西，

“随便”就能做好这点，真的很不错。

装一壶水，听到“哔——”的声响后，

往容器里徐徐注水，

哼哼歌打发时间，

稍候片刻，倒掉热水就能享用。

随便做做，还是好吃，这就是速食炒面。

我着实认为，这种随便感，

挺合乎人类敷衍了事的个性。

2017-03-08-WHD

系井重里

从事广告文案、作词、小说、散文等多面向创作活动。代表性的文宣创作有为吉卜力工作室的系列动画和西武百货创作的广告标语，例如，“自我，新发现”“就是喜欢，新东西”。

J.K.罗琳

J.K.Rowling

生于1965年

英国小说家

哈利·波特与阿兹卡班的囚徒

哈利从包里拿出海格送给他的方形包装盒，上面写着“热水三分钟又四分之三秒”。

“只说要用开水烫，三分钟又四分之三秒。”

德思礼姨父和姨妈瞪大了眼睛，问：“几分钟？”

“三分钟又四分之三秒。”

“太蠢了，这么点时间怎么可能做好。”

哈利被他的姨父和姨妈鄙视了。这时，赫敏把一本名为“速食炒面的前世今生”的书拿给了哈利。

这本书里写了很多东西，说这以前是很难搞定的，也有需要三分钟以上的速食炒面，而且，史前还要用火来烤。

哈利一看到斯内普走过来，就合上了书。

“波特，你在看什么？”

哈利给他看了《速食炒面的前世今生》的封面。

“波特。”斯内普气得脸都歪了。

“有规定说不能随便吃零食，给我拿来吧。咯莱芬多扣掉五分。”

说完就把书拿走了。

“怎么会有这样的规定呢？”哈利嘟哝道。

赫敏觉得哈利很可怜，她拿出魔杖，说了几句咒语：“皮尔托、坦马达。”

这时，不知从哪里滚出来一碗速食炒面。

“清水如泉、姜力迪亚。”

说着，开水倒进了碗里。

哈利想起，暑假马上就到了，我必须回到麻瓜的世界。考虑到这一点，哈利觉得不超过三分钟就好。

J.K.罗琳

畅销书“哈利·波特”系列的作者，该系列小说深受读者喜爱，屡创销量纪录。

町田康

Kou Machida
生于1962年
日本小说家、朋克摇滚歌手

速食炒面，拿命来！

1. 加热水。不过，到底该加多少度的热水才好。搞不懂。水温关乎等待的时间，就算标示三分钟，还是得先明确热水的温度不是吗，真无语！

2. 水温的问题没有解决让我很闷，我不禁想起了阿山。话说阿山又是谁啊。还有调味料包。是啊调味料包。水温的问题没有解决，调味料包的问题也解决不了啊，阿山！

一不小心，调味料不是涨过头就是没泡开。

3. 倏地灵光一闪。可恶，速食炒面这东西浪费了我宝贵的时间。我想起说明上写着倒热水。查字典不就可以知道热水是几度了。真佩服我自己，居然想到这个法子。各位等着瞧，我一定会打败速食炒面。

4. 拿字典敲打墙壁时我心想，已经两星期没回家的老婆说不定会回来。只要我能成功做出速食炒面，也许老婆就会认同我。想着想着，把热水倒进水槽，突然传来砰的一声巨响，我吓了一跳，把整碗面丢了出去。糟了糟了。当下我终于明白了老婆离家的真正原因。

町田康

少年时代喜爱写诗，是日本诗坛上活跃的一分子。中学时组成朋克摇滚乐团“INU”担任主唱，发行专辑踏入乐坛。乐队解散后以“町田町藏”的艺名继续活动。1996年发表小说处女作《くっすん大黒》成为文坛新秀，其作品因幽默的风格而受到大众的青睐。2000年以小说《破碎》获得“芥川龙之介奖”。2002年其作品《権現の踊り子》获得第28届“川端康成文学奖”。2005年其作品《告白》获得了第41届“谷崎润一郎奖”。他以日本知名英雄人物源义经的口吻写了作品《义经记：千年的流转》，其中《平家，拿命来》一篇描述了著名的源平之战。

夏目漱石

Soseki Natsume

1867—1916

日本小说家

炒面少爷

一

遗传自父母的鲁莽性格，害我从小吃尽苦头。

肚子饿了就想赶紧吃点什么。可是，老爸不给我零用钱，只好在屋里翻箱倒柜。

想变卖祖先留下的破铜烂铁换点钱，偏偏这儿都是粗俗的乡下人，想吃好料理也找不到。不如安分地待在家里，吃吃厨房有的速食炒面就好。

二

烧水、开盖，取出调味料包和酱汁包。麻烦死了。真搞不懂，干吗不一开始就统统加在一起。接着倒热水。只要三分钟就能做出速食炒面？当我是傻子啊——

心中暗暗吐槽。

没想到还真的办得到。惊呆之余哈哈大笑几声，炒面就这样完成了。

三

等待的这段时间来下盘棋吧。万一等到不耐烦，用手里的棋子砸炒面容器也无妨。算它活该！这也是遗传自父母的鲁莽性格。

倒掉热水，淋上酱汁。既然做好了就吃吧。家中女佣说：“少爷，拜托你，吃完请丢掉容器。”于是，我把空容器扔进厨房的垃圾桶。

夏目漱石

本名夏目金之助，大学毕业后，赴英留学三年，专攻十八世纪的英国文学。返日后开始文学创作，1905年发表了长篇小说《我是猫》，大受好评且一举成名。代表作有《我是猫》《少爷》《三四郎》《心》等。

《周刊文春》
Weekly Bunshun
日本八卦杂志

独家直击！速食炒面的幽会

一月下旬，西新井的某处公寓走出一位口罩男。男子警戒地环顾四周，步入附近的便利店。

他是某公司的员工A，现年29岁，165厘米的中等身材，貌似男演员柄本时生。

据熟识A的相关人士透露：

“他常被看到去便利店。本人以为没被发现，其实便利店的店员都认得他，还帮他取了绰号。”

十分钟后，A步出便利店，右手提着塑料袋。买完东西的他快步返回公寓。

A进到厨房，从塑料袋取出速食炒面，缓缓地撕开塑料膜。

“他爱吃速食炒面在这一带是出了名的，听说每天都要吃一次。虽然未曾公开承认，他对信任的人倒是坦白过这件事。”同一位相关人士表示。

A动作熟练地拿出两包手掌大的东西，是调味料包和酱汁包。一旁同时正在烧开水。接着他把调味料包撒在面上，倒入热水。

这一切看似稀松平常，但A任职的食品公司，其实是该速食炒面的竞争对手。而且，A还是杯面部门的业务人员。卖杯面却吃炒面，这见不得人的“偷吃”非同小可。

该相关人士又爆料：

“他在公司都不会吃，这件事只有几个人知道。不过，那是他的私事，旁人也没资格插手。”

看来，人与人之间的信任也是“三分钟”内就轻易瓦解了。

《周刊文春》

日本出版社文艺春秋发行的周刊，以八卦话题为主，内容涉及日本政经、企业问题、官僚或政治家的政治丑闻、艺人绯闻、社会事件等，有“文春炮”之称。

莎士比亚

William Shakespeare

1564—1616

英国剧作家

罗密欧与朱丽叶　第二幕　炒面景

罗密欧躲入树丛。

朱丽叶现身二楼阳台。

朱丽叶：

罗密欧啊，罗密欧！为什么你偏偏是罗密欧?

玫瑰即使换了名字依然芳香。

就算做成快餐食品，炒面还是好吃。

啊，抛弃你的姓名吧！让我看看你的脸，就像打开盖子就会看到面饼。

罗密欧：

噢——朱丽叶。

我痛恨自己的名字，因为它是你的仇敌。

朱丽叶：

你是谁？竟然摸黑躲在暗处偷听别人的秘密。

简直是藏在速食炒面里的调味料和酱汁。

啊，我认得这声音，你是罗密欧？

罗密欧：

我乘着爱的翅膀来到这儿。朱丽叶，我想成为你的速食炒面。

如此一来，我就能碰触到你的双手，你的双唇。

炒面的面饼好似纯洁的盔甲般坚固。

用名为爱的热水发动攻击，瓦解面饼的防备。

然后等待三分钟，倒掉热水。

容器里还有热水的话，筷子又该如何进攻。

速食炒面啊，我愿献上我的灵魂。

耀眼的天使，唯有速食炒面是为这黑夜带来光亮的天使。

朱丽叶：

我的爱，晚安。

罗密欧：

朱丽叶，你就这样扔下饥肠辘辘的我吗？

朱丽叶：

下次见面时，我会准备好两碗速食炒面。

莎士比亚

西方文学史上最伟大的剧作家，全球知名的文学家之一。主要作品有《哈姆雷特》《李尔王》《仲夏夜之梦》《罗密欧与朱丽叶》等。

又吉直树

Naoki Matayoshi

生于1980年

日本谐星、小说家

炒面火花

“来做速食炒面吧。”

神谷前辈一脸得意地说。

“先放调味料，这个啊，需要一点技巧。直接撒在面饼上，等一下会黏在盖子上。所以啊，要放在面饼下。”神谷前辈看起来得意洋洋。

“真的，多谢赐教！”我这样回道。

神谷前辈被称赞后，更加得意忘形。

“加热水也是凭感觉少加一点，免得倒掉热水的时候被烫到。德永，你可得当心点。”

“哈，我来倒掉热水吗？”

“废话！最难的活儿都是后辈在扛。践踏新芽才是前辈要做的大事啊！”

“前辈，这话不能当着后辈的面说吧。”

“你话真多。随便啦，还不快动手。”

我轻松地倒光热水，神谷前辈的神情似乎有些落寞。

“嗯，不错嘛你。来拌面吧。比起附带的酱汁，用超市买来的多福酱（广岛县调料大厂生产的酱汁）比较对味。你吃过吗？”

“欸，我没吃过。”

“——德永，你要多吸收新知。”

“前辈，炒面吸的是酱汁。”

“德永，你的吐槽进步咯，继续保持下去喔。”

虽然前辈有点怪咖，但那也是他的魅力。

又吉直树

搞笑团体“Peace”的成员，日本娱乐圈知名的文学通，是太宰治的铁粉，文风受其影响颇深。2015年以《火花》获得“芥川龙之介奖”。《火花》描写了年轻的搞笑艺人德永和前辈神谷二人，在现实与理想之间挣扎并追逐梦想的过程。

池田勇人
Hayato Ikeda
生于1986年
日本知名博主

还在浪费时间做速食炒面吗?

做速食炒面，首先得煮开水。接着放调味料，等水煮好才能泡。不过，煮开水不觉得很浪费时间吗？不知道水何时煮开，走不开，只好滑手机打发时间。

被困在某处会让人觉得压力很大。所以我才会辞职，选择自由的工作方式。八小时一直待在同一个地方，这简直是拷问。虽然做速食炒面顶多三到五分钟，我还是受不了。

来到高知后，我愈来愈常外出工作。其实这蛮容易的，就是把旅行当工作。以现在的环境来说并不难。况且今后必定会进入随心所欲、自在穿梭的时代。

假如有人问我如何摆脱速食炒面的束缚，我会这么说。不要吃就好了。后续内容将公开在“note”（日本“Piece of Cake”公司营运的网络平台，除了文字记录，还可上传照片、影音等。用户可设定文章是否为付费阅读），有兴趣的人请上网购阅。只要付一百日元就好。虽然自己说有点那个，但真的是买到即赚到。

有些人不太愿意花钱买网络信息，若继续抱持这种想法，一不留神就会错失有利的信息喔。没有人会佛心大发，免费上传干货。现今网络上尽是毫无用处的垃圾信息。

你还在浪费时间做速食炒面吗?

池田勇人

早稻田大学政治经济学系毕业后，任职于半导体公司，但因公司经营不善，不到一年就转职进入新创企业，后来以自由撰稿人的身份在网络上发表文章。著有《年收入150万让我们生活自由自在》《作为武器的书写技术》《还在浪费时间在东京吗？》等书。

江户川乱步

Rampo Edogawa

1894—1965

日本小说家

二钱炒面

上

倘若诸位对速食炒面有兴趣，而且体内燃起一股非吃不可的欲望，那就让我来说明一下速食炒面的做法。

首先，撕开盒盖，请留意不要全部撕开。哔哔哔哔……撕起的盒盖发出深入骨髓的声响，半开的容器内躺着干燥的面饼。

中

双手并用撕开调味料包，调味料从破口滑出，散落在面上。

然后，用水壶盛满冷水，加热煮开。使出浑身气力，朝容器里倾注热水。

下

过了一会儿，面饼慢慢地被热水泡涨。三分钟后，尽快倒掉热水。十指拿捏巧妙的角度倾倒容器，热水顺势流泻，咕噜噜、滴答答，消失在水管的深处。

压抑内心涌动的兴奋，着手拌面。面条随着筷子的翻搅发出低吟，逐渐闪现黑艳艳的光泽。至此已是享用的最佳状态。一口吃下，那滋味想必是幸福得难以言喻，使人心醉神迷。

江户川乱步

本名平井太郎，是活跃于大正至昭和时期的推理小说家，被誉为日本“侦探推理小说之父”。1923年，在《新青年》上发表处女作《二钱铜币》获得高度评价后，开始了推理小说的创作。江户川乱步的笔名取自现代推理小说的开山始祖——美国小说家埃德加·爱伦·坡（Edgar Allan Poe）的日文发音。他不仅是日本推理文学的鼻祖，也是日本本格推理派的开创者。

最果夕日

Tahi Saihate
生于1985年
日本诗人

热水总有最高温度的透明

面饼会膨胀。你赶快把包装纸撕掉吧。我和你，为了活下去，为了让心脏跳动，吃速食炒面。这样就可以了吧。密度很高的面条上浇上透明的热水，像夜晚一样昏暗的酱汁在盖子上浸得满满。这样做就能吃到速食炒面，简直像魔法一样。

星期六睡得太死，过了中午才起床。一边享受美丽的阳光和风抚摸脸颊，一边在厨房踮起脚拿出一碗速食炒面。

我知道你想说什么。还有三分钟。白开水对水槽的伤害，比我说的话还要大好几倍。

炒面碗里加了热水，你在等着我。你会牢牢记住今天的事吗？这个时间不会永远继续下去。很快，热水就会不慌不忙地吐出来。热水四溅，在水槽里打转，像星星在空中旋转。真甜蜜啊！这深深的欲望。

我想，开吃。

平日里的速食炒面，只要你轻轻烫一下，淋上酱汁，用温柔的声音轻啜一口，我就可以放心地再来一碗。

速食炒面之诗

最果夕日

日本作家、新锐诗人。代表作品有诗集《夜空总有最大密度的蓝色》。

菲茨杰拉德

Francis Scott Fitzgerald

1896—1940

美国小说家

了不起的速食炒面

在我还很“玻璃心”的年少时期，父亲给了我速食炒面，后来我打开包装，放调味料、倒热水，盖上盒盖。

那时父亲告诫的话，至今萦绕在我的心头。

他这样说：“当你急着想倒掉热水时，要记住，这世上不是所有人都像你一样很会倒。”

此后，父亲便没再多说。

于是我明白，倒掉热水是我的强项。

菲茨杰拉德

1920年出版长篇小说《人间天堂》。1925年《了不起的盖茨比》问世，奠定了他在美国现代文学史上的地位，此书堪称美国社会的缩影，被多次拍成电影。

尾崎丰

Yutaka Ozaki

1965—1992

日本音乐人

速食炒面的地图

速食炒面
饥肠辘辘的我遇见了它

速食炒面
我粗鲁地扯开包装

速食炒面
我能煮好开水吗
能够只撕开一半的盒盖吗
有办法加完调味料吗
倒热水不会洒出来吗
等得了三分钟吗

能够倒掉热水吗
有办法拌好酱汁吗

速食炒面
要到何时我才能吃饱

速食炒面
要吃多少我才会饱

速食炒面
我要吃喽吃光这刚做好的炒面

尾崎丰

1983年以单曲《十五岁之夜》与专辑《十七岁的地图》出道，第四首单曲《毕业》发行后开始打开知名度。26岁时骤逝，带给歌迷莫大打击，其作品屡次被其他歌手翻唱。代表作有*I Love You*、*Oh My Little Girl*等。

西尾维新

Ishin Nishio
生于1981年
日本轻小说作家

食物语

我没见过速食炒面与谁交谈过——也是啦，速食炒面是食物当然不会讲话。必须打开盖子加热水，等三分钟才能吃。

即食面（或称快餐食品）这东西也很妙，明明马上就能吃是卖点，加了热水却得等上几分钟。

既然如此，还不如买三明治，买了立马可以吃。我这人没什么耐性，如果要从速食炒面和饼干挑一样吃，我应该会毫不犹豫选饼干。

我一直是这么想的。然而，某天却发生这样的事。

肚子饿的我一如往常到厨房找东西吃。打开水槽上方的吊柜，那一瞬间速食炒面掉落眼前。我赶紧伸手接住——看来这是上天的安排，我非吃不可了。可恶，被摆了一道！

原先还不把这东西看在眼里，突然间情势大逆转。认命吧，煮开水来泡面。

调味料包。

酱汁包。

打开盒盖，取出这两包。加热水——等三分钟。

看看时钟，确认时间已到，慢慢地倒掉热水。不过，倒完热水后，我发现一件事。加热水前，得先放调味料。

错愕的我，双脚一软，内心狂喊：失败了！白忙一场。

西尾维新

其作品结合推理小说与轻小说两种风格，常引用经典小说的场景结合漫画这一形式展现故事，作品中的角色语言犀利诙谐、性格鲜明独特，其以独特的风格一出道便迅速累积极高人气。代表作有《历物语》《悲痛传》《悲鸣传》《掟上今日子的备忘录》等。

HIKAKIN

生于1989年
日本YouTube红人、游戏实况主播

速食炒面一吃就知道厉害

BUNBUN，哈啰YouTube！大家好，我是HIKAKIN。这次要介绍给大家的是——这个！

噗喔喔喔喔喔喔喔喔喔噗咻——
速食炒面（哇啊——哇啊——）

欸——这个速食炒面啊，加热水泡三分钟就会变成好吃的炒面。我赶紧做给大家看。

打开盖子，喔……哦——，先把调味料包和酱汁包拿出来哟。然后，先撒调味料就好，接着加热水。

煮热水得开火，小朋友们，和爸妈一起做比较安全喔。倒热水的时候要小心别烫到……超赞的，这样就好了？那我们一起等三分钟吧。

OK！已经过了三分钟。接下来，倒掉热水……淋上酱汁就完成啦。这样就好了，真的假的？我要开动喽。好好吃！真的，超好吃的这个。

BUNBUN，Today's HIKAKIN's Point！

96分！嗯，这真的非常好吃。各位也尝尝看。那么，下次再见！（订阅、订阅、订阅——）

HIKAKIN

日本YouTube红人，擅长节奏口技，即以口舌等器官模仿出有节奏、韵律的打击乐声效 其作品的收看者遍及全世界。其拥有四个频道，分别是："HIKAKIN（口技影片）""HIKAKIN TV（商品业配）""HIKAKIN Games（游戏实况）""HIKAKIN Blog（自己的日常生活）"。

《读卖新闻》专栏“编辑手账”

Newspaper Yomiuri Column HENSHU-TECHO

日本报纸专栏

2017年6月7日　星期三

举世闻名的发明大王爱迪生为了让灯泡更耐用，进行了无数次的实验，也经历过多次失败。尝试各种材料后，他发现京都的八幡竹很适合做成灯丝。◆“多数人遇到极限就会认定不可能而放弃。但，胜负才正要开始。”◆短短一句话就能看出爱迪生的执着——“失败是成功之母”，我想许多读者也曾屡遭挫败。譬如沥掉速食炒面的热水。◆加热水，等三分钟，倾斜容器倒出热水。看似简单的动作，其实做起来并不容易。一不留神，泡涨的面就会掉进水槽。这就好比，因为一时的疏忽造成重大事故的现代社会。◆爱迪生不只热爱发明，也热衷于经营事业。他凭着改良的灯泡创立公司，以提供电力获利。这就好比，用热水让面膨胀，倒掉热水后，还得加酱汁才会变好吃。◆真希望日本的经济也能像速食炒面那样益发蓬勃，渐入佳境……

《读卖新闻》专栏“编辑手账”

占早报一整面篇幅，内容多样，从国内外的新闻事件到生活周遭的话题，以约四百六十个字呈现世间百态。自1949年开始创设，不少忠实读者看报纸时都要率先从“编辑手账”开始阅读。

Nancy关

Seki Nancy

1962—2002

日本专栏作家、版画家

速食炒面做法版画

说到速食炒面……日前，我在做某品牌的速食炒面时，发现等待时间从三分钟变成了五分钟。搞什么！是面还是调味料变得更硬了？尽管有些不爽，我还是等了五分钟，接着把热水倒进水槽。不过，总觉得有股不好的预感。后来，看到新闻报道，某知名速食炒面大厂不再赞助我喜欢的八卦节目。好事不灵，坏事特灵。我的生活作息又要改变了。往后该如何是好。又得重觅新的生活重心。唉，人生真的好累。

Nancy关

本名关直美，其专栏“电视节目评论”以其独特的观点，搭配她创作的日本名人肖像“橡皮擦版画”，广受好评。

村上龙

Ryu Murakami

生于1952年

日本小说家

接近无限透明的热水

速食炒面是1997年6月7日在横滨市港北区的便利店买的。同伴们买了保存期限短的。

“很识货嘛，你们是速食炒面迷吗？”店员边数钱边这么问。

速食炒面很懂得操控食欲。屋内全都是速食炒面，地板上也堆满了速食炒面的容器。

将盒盖撕开一半。以前做速食炒面时，忘了取出调味料包和酱汁包，结果黏在了面饼上。同样的错不能再犯第二次，赶紧拿出来。

鼓起勇气摸摸面饼，硬得像木板。所以得用热水泡才会变软嘛。

“这样泡，面不会糊掉吗？”

“放着就对了。”

“真的吗？会不会加太多热水了。”

别吃！还不能吃！面饼正在呐喊。等一等，等三分钟，面饼边喊边打起拍子。

调味料也跟着一起打拍子。

三分钟后，倒掉热水。空腹感大暴走。扔掉撕开的盒盖，面饼表面热气蒸腾。

淋上浓稠的酱汁，容器内仿佛变成巨大的泥沼。举起筷子，朝容器大喊：“炒面！我要进攻略。”

手捧容器，夹起面条往嘴里塞。味道比以往吃的美式拌面还要浓厚许多。

要吃吗？我的，新速食炒面。

村上龙

大学时期，以《接近无限透明的蓝》获得“芥川龙之介奖”，成为当时该奖设立史上第一位获奖的在校学生。此后出版的小说、散文等作品持续造成话题，其中多部作品改编成电影。此外，村上龙也和与其交情深厚的中上健次、坂本龙一、中田英寿等名人出版过多本对谈集。

川谷绘音

Enon Kawatani

生于1988年

日本乐队成员

契约的魅力很酷

“除了热水外，不就是热水吗”

除了热水不就是热水吗
这是理所当然的
所以你才会怀着等不及的心情去
吃，是吃货吧？

*

“有酱汁”

我有啊

足够的酱汁
好像用力过猛了!

*

“卡亚库奇”

不是吗
我知道
我不能勉强自己吃

虽然我知道
就算我装出喝醉的样子
也咽不下去……

川谷绘音

集歌手、吉他手、键盘手、作词家、作曲家等于一身的音乐人，出生于日本长崎县。他是indigo la End、极度卑劣少女、genie high、ichikoro等几支乐队的主要成员，负责主唱和吉他。

托马斯·品钦

Thomas Pynchon

生于1937年

美国小说家

沥水孔拍卖第四十九批

某个夏日午后，即使不是也无所谓，结束保鲜盒的宣传活动后，我煮了开水倒入速食炒面的容器。就在那时，调味料别加太多的念头在脑中一闪而过。

趁着三分钟的空当去开信箱，也许会收到遗产管理人的指定通知。遇到那种情况，我只会呆愣在原地。假装喝醉的话，心情或许会好一点，偏偏就是做不到。

倒掉热水时，听到巴托克的《管弦乐协奏曲》第四乐章，也许会让你隐约感到不安。不过，加酱汁的时候，应该会忍不住笑出来吧。人在做天在看，所有的一切都瞒不过老天爷。

托马斯·品钦

美国后现代主义文学代表作家。曾于美国海军服役，于1960年开始创作长篇小说，主要作品有《V.》《拍卖第四十九批》《万有引力之虹》《葡萄园》等。曾获得“福克纳文学奖”“美国国家图书奖”等多个奖项。

名言集
Wise Collection

呼应空腹的世界　名言精选

愚者加水，贤者加热水。

——速食炒面的做法

无惧沉默，只要等待三分钟，就能享用美味的速食炒面。

——速食炒面的做法

怀抱真正的热情，终能成功倒掉热水。

——速食炒面的做法

人因孤独而坚强，炒面因酱汁而美味。

——速食炒面的做法

语文试题

Question of Language

2017年度速食炒面高中语文测试题

【速食炒面的做法】

1. 将盒盖撕至虚线处，取出酱汁包与海苔粉包。

2. 倒入煮沸的热水，<u>合盖，待三分钟</u>。

3. 倒掉热水，撒海苔粉、加酱汁拌一拌。

（问题）请从下列选项中选出对画线部分理解最恰当的一项。

①倒入煮沸的热水后，搁置一旁，想吃的时候再吃。

②在容器内倒入热水后，连同热水一起吃。

③倒入热水后，盖紧盒盖使内容物被密封，等待三分钟。

④不需要花时间等，也不用加热水，直接干吃。

戴夫·斯佩克特

Dave Spector

生于1954年

广播制作人、艺人

我就是U.F.O.速食炒面广告里的水壶男

先来煮开水吧！水开后，在容器里加调味料、倒热水。这时候有个重点，要像幼儿园小朋友那样哇哇叫，因为这是一种游戏。

倒入热水、盖上盖子后，像鸵鸟孵蛋那样等三分钟。你问我为什么是鸵鸟？因为绝对不能打开啊！不能打开喔！绝对不能喔！绝对……（跳过）

不小心打开的话，那就倒掉热水吧，反正开都开了。面条流出来也别在意。最后请加酱汁拌一拌。哎呀！忘记放我的秘密武器啦，改放芥末好了，这样也很好吃。喔，你问那个秘密武器是什么啊？锵锵锵锵——才不告诉你。

戴夫·斯佩克特

美国人，出生于美国伊利诺伊州的芝加哥，主要活跃于日本的文化阶层。身兼广播制作人、作家、艺人、评论家等多个身份。曾在日清牌炒面的广告“日清U.F.O.炒面超人”中出演反派角色“水壶男”。

三岛由纪夫

Yukio Mishima

1925—1970

日本小说家

炒面的告白

1.

儿时，父亲时常向我提及橱柜里有速食炒面一事。

那撩人的馨香、闪着油光的面、浓郁的滋味掳获我的心，很快地，我就成为它狂热的粉丝。

某日，父亲神情无力地打开盒盖。尽管当时我还不会写字，仔细观察父亲的动作后，我明白，要做速食炒面，必须好好处理盖子。

2.

从橱柜里拿出速食炒面，边读着“做法”边想象完成的模样。年少时期，仅仅如此就足以让痴迷与放荡操控我的身体。

然而，升上中学进入青春期后，心中燃起旺盛的“食欲”，怂恿我打开盒盖。

焦躁感与日俱增，我终于下定决心要做速食炒面。粗鲁地扯破紧紧包覆容器的包装，宛如褪去处子的衣裳那般撕开盒盖。有生以来初次拿出酱汁包，撒上调味料。

3.

在容器里倒热水，等三分钟，总算到了倒掉热水的时刻。俯视热水倾流而出的跃动感，热气的生命力迎面而来。将容器内的热水倒光，接着只要淋酱汁拌一拌就完成了。

闪烁金黄色泽的面条，那浑然天成的性感令我大为感动，我与面条接吻了。然后，张口用力一吸，滑顺入喉的快感使全身酥麻。我确实感受到生命力的跳跃。情不自禁脱口说出。

——好好吃。

是啊，我为自己的食欲感到羞愧，我瞧不起自己。但，在这个当下，我已能放下内心的罪恶感。

继续吃着炒面，我心想，明天再来吃一次吧。

三岛由纪夫

本名平冈公威，日本战后派文学的代表人物，拥有小说家、剧作家、记者、电影制作人、演员等多重身份。他在日本文坛享有极高声誉，在西方也获得高度评价，曾三度获得诺贝尔文学奖提名。主要著作有《假面的告白》《金阁寺》《镜子之家》《不道德教育讲座》《丰饶之海》等。

水道桥博士

Hakase Suidobashi

生于1962年

日本谐星、作家

速食炒面的星座

来做速食炒面吧！不过，很多人其实不知道，速食炒面根本没炒过。长州力（韩裔日本职业摔跤手，总是怒喊："俺才没生气！"）知道后想必会大吵大闹。尽管如此，速食炒面依然受欢迎，因为它真的好吃。所以总归一句，速食炒面没炒过也没差啦。

泡面是很普遍的快餐食品，市场上的竞争非常激烈。对了，还有快餐炒饭，但它很快就消失了，如同"新加势大周"（日本男星加势大周因跳槽与经纪公司交恶，双方为了艺名的使用权对簿公堂，后来经纪公司推出新人，艺名取为"新加势大周"，双方又展开缠讼，最后经纪公司败诉，该新人改名为坂本一生）那样。

近来很拼的炒面莫过于“Peyoung”（Maruka食品公司推出的速食炒面品牌。该名称的含意是希望年轻情侣甜蜜共吃一碗面），搭上香菜热潮，推出了香菜口味。这个在部分卖场竟然卖到断货。对此长州力倒是没发火，他发起火来可吓人了。

我的废话似乎有点多。接着放调味料、倒热水，是热水喔，不是硬闯铁轨拍照、后来出面道歉的女星早见优（热水的日文“お汤[o yu]”和早见优的“优[yuu]”发音相似）喔。等三分钟。假如是寄席（观赏日本传统娱乐的场所，以落语表演为主。落语源自日本江户时代，表演形式为说话方的落语家一人坐在席位上，演出童话故事、笑话等），客人肯定都走光了。尤其是落语家林家正藏的表演。开玩笑的啦！

最后加酱汁拌一拌就完成了。是说，新生代的搞笑团体三四郎的小宫倒是很难搞。既然做好了，各位请吃吧。吃太多发福的是桃草（全名“桃色幸运草Z”的日本五人女子偶像团体，成员为百田夏菜子、玉井诗织、佐佐木彩夏、有安杏果、高城蕾妮五人，简称“桃草”。每个成员被分配一种形象色彩，服装和饰品以该颜色为基调，分别为红、黄、粉红、绿、紫）的“绿”。

我是NHK的班底，不能吃有特定赞助商的东西。不过，像这样借机酸一下后辈也是很重要的工作。

水道桥博士

本名小野正芳，隶属北野事务所的搞笑艺人，同时拥有作家的身份。曾以“浅草KID”的名义出版过《搞笑男的星座》《搞笑男的星座·2》。

莲实重彦

Shigehiko Hasumi

生于1936年

日本文艺评论家

炒面包装批评宣言

做速食炒面这件事连带着某种程度的“不自由”——“必须花三分钟”这种强迫行为的不自由。偏偏步骤又相当简单，实在是自相矛盾的不自由。

要让裁断的干面恢复有如新鲜生面的状态，必须加热水。但加了热水还得等“三分钟”。感觉好像很自由，其实代表着“三分钟后一定得回来”的不自由。这种使人产生错觉的自由，说穿了根本不自由。

造成这种不自由的，正是名为“做法”的某种“制度”，或许也可称之为“装置”或“虚构情节”，印刷在包装上的“做法”无意识地限制了我们的行动，绑架了我们的自由意志。

为了避开语言无意识的束缚，必须主动消灭语言的

“意义”，拒绝接受“记号”的洗脑，把物品只当成“物品”看待。

想摆脱十九世纪类型化的“虚构情节”，必须让“速食炒面”从狭隘的语意中解放，使原本该是新鲜的速食炒面回归“物品”的实态。

莲实重彦

曾任东京大学校长，著有《表层批评宣言》、《反日语论》（获得“读卖文学奖”）、小说《伯爵夫人》（获第29届“三岛由纪夫奖”）等。

嘻哈歌词
Hip Hop Lyrics

只想待在你身边，一起吃速食炒面

速食炒面加热水，光是这样还不够

见到你美丽的双眼，我紧张到动弹不得

为过去的错误吃尽苦头，加完调味料撒出来白费劲

还不可以吃，谁准你吃了，等不了三分钟真是冲动

闻到臭味要赶紧盖起来，泡速食炒面也要盖起来

如何度过沉默的等待，要不你去打扮一下吧

过了三分钟速食炒面做好了，要是三年大牢也蹲完了

正打算吃却想吐，意兴阑珊的两人

吃完空虚的速食炒面，握紧麦克风准备热舞

这是真正的日本文化，这是做作的日本文化

水槽没有发出声响，无法产生共鸣

吃了速食炒面觉得很赞，非吃不可的速食炒面真的好赞

吉田豪
Go Yoshida

生于1970年
日本社会评论员

“想吃泡面的人就吃吧”

——说到速食炒面就会想到泡面，大部分的人都会这样联想。您也把它当成竞争对手对吧？

速食炒面：第一个问题就这么尖锐啊（笑）。我对泡面没有其他想法。毕竟我们的根源不同嘛。大家一起让速食面业界蓬勃发展就好啦。

——所以你们不是敌对的关系啰。

速食炒面：当然，想吃泡面的人就吃吧（语气淡定）。

——做法也不一样吧。

速食炒面：嗯，完全不同（态度坚决）。泡面只要加热水就好，而我得先拿出酱汁，撒上调味料才行。况且，还要倒掉热水啊。我到现在还是会失败呢（笑）。

——噗哈哈哈！面全都倒出来了吧（笑）。

速食炒面：对对对（笑）。不过，现在已经有对策了。

——不是有那种热水和酱汁一块儿加，结果味道变得很淡的炒面吗？

速食炒面：说到那个啊，偷偷告诉你，其实有不错的点子。就是加市售的酱汁。不过，光靠那个还是少了点什么。

——因为市售的酱汁不是用来拌炒面的嘛。

速食炒面：是啊，所以又加了很多美乃滋。结果，味道变得不三不四，炒面都不是炒面了。只是味道很重的碳水化合物（笑）。

——噗哈哈哈！虽然不是炒面，只要够味还是吃得下啦（笑）。

吉田豪

书籍评论家、主持人、专栏作家。他在采访名人前总会进行详细的事前调查，因此屡屡有令人耳目一新的专访。

塞缪尔·贝克特

Samuel Beckett

1906—1989

爱尔兰剧作家

等待炒面

乡间小路，一棵树。

弗拉季米尔：（拿下帽子往里面瞧，接着又戴上）唉呀呀。

爱斯特拉冈：喂，我们该走了。

弗拉季米尔：不行！（停顿）我在等速食炒面。

爱斯特拉冈：啊，对呀。那我走喽。（毫无动静）

沉默。

爱斯特拉冈：你打算这样一直等下去吗？

弗拉季米尔：是啊。在面泡好前，要等三分钟。

两人动也不动。

塞缪尔·贝克特

荒诞派戏剧的重要代表人物。1953年以荒谬剧《等待戈多》享誉全球，1969年获“诺贝尔文学奖”。

中岛罗门

Ramo Nakajima

1952—2004

日本小说家、散文家

给我速食炒面，不如给我“TORYS”威士忌

刚进“滩中”（兵库县神户市东滩区的私立中学）时，我的成绩是班上的前八名。升上高中后，迷上日本疯癫的嬉皮士，成绩直线下滑，就像在热水里泡涨的面饼，烂透了。没考上第一志愿“关学“（关西学院大学的简称）的哲学系，最后进了大阪的艺术大学。我认为大学生活好比速食炒面。首先，必须按部就班才有得吃。大学生活是一生中最能尽情放手做任何事的时期。有些人为了成为了不起的人物，立定志向，付诸行动。那种人就是能够顺利倒掉热水的人。有些人则是遇见真命天女，那种人就是能够拌好酱汁的人。而我，只是无所事事地过一天算一天。加调味料，倒入热水，再倒掉

热水，用酱汁拌一拌，速食炒面就完成了。这么简单的事，我却连试都不试。如此消极的心态，日后绝对会尝到苦头。再怎么麻烦，还是得做做速食炒面。怪不得我现在过着为填饱肚子操劳的生活。

中岛罗门

本名中岛裕之，主要著作有《阳光烦恼咨商室》系列、《被我践踏的城市，与践踏我的城市》、《超老传》等书。《今晚，敬所有的酒吧》是以他自身酒精中毒的经验为基础创作的小说。书中主角嗜饮的酒就是“TORYS”威士忌。

谷崎润一郎

Junichiro Tanizaki

1886—1965

日本小说家

痴人之炒面

一

接下来，我要写下速食炒面的做法，我会尽可能地如实详述。

这种方便的即食食品，对独居文化住宅（日本大正时代中期之后流行的西式住宅）的男性上班族来说是得力帮手。比起去咖啡厅吃西餐，速食炒面省事多了。

二

先装一壶水，放到煤气炉上煮开。与此同时，将盒盖撕开一半左右，取出调味料包与酱汁包，撒入调味料。在容器里倒热水，泡湿的面饼表面散发光泽。随即盖上盒盖。完成前，倚坐沙发歇一会儿，边吸“敷岛”烟边欣赏时髦的烟盒包装。躺下也无妨。那段时间，面饼正一秒秒地变得愈来愈像炒面。

三

接着倒掉热水，加酱汁拌一拌，差不多就完成了。我会再加美乃滋，用筷子搅拌。陶醉地嗅取浓郁的酱香，边呼热气边冒汗地扒食面条。这个当下，情欲与恋爱全抛诸脑后。

我有一本名为“炒面记录”的日记，翔实记载了吃过的“面”貌，以及炒面完成的“汁”态。我的食欲被炒面征服，身体迫切地渴求炒面，而我也屡屡屈服。

速食炒面，加热水、三分钟。

今年，我三十六岁。

谷崎润一郎

1910年发表短篇小说《刺青》《麒麟》等大受好评，就此踏入文坛。作品多以女性崇拜、恋物癖等强烈欲念为基底，将感官美学推展至极致。日本文学界奉其为唯美派大师。生前曾多次获诺贝尔文学奖提名。代表作有《春琴抄》《痴人之爱》《细雪》《钥匙》《疯癫老人日记》等。

Rockin'on

magazine Rockin'on

日本音乐杂志

速食炒面的两万字专访

"始终如一的味道是我们所要宣告的决心"

●可以先让我针对这次的速食炒面说说自己真实的感想吗？怎么又是一样的味道啊。

容器："好的，山崎先生（该杂志总编），我们就知道你会这么说。那样的批评我已经听腻了。其实你是想说，这次只是重新生产以前的味道对吧？打开盖子，取出调味料包和酱汁包，装一壶水煮开，到头来根本没有改变。这种话，那些只会酸人的评论家早就说过好几百次。不过，风格标新立异本来就不是我们的重点。期望每次味道都不同，不断地改变风格，我认为那都是鬼扯。”

●（笑）那我真是失礼了。所以对你们来说，这次是很有意义的。

容器：“不管有没有意义，我们一直以来都是如此，今后也会继续坚持这样的味道。不改初衷的自我精进，或许就是想给大家这样的感觉吧。”

●可是，对粉丝来说，还是希望看到你们有各种的变化不是吗？他们不想总是加热水、倒掉热水。

容器：“不，我不认为他们会这么想。因为那和我们的感性会产生冲突。要是真的吃腻了相同的味道，暂时换吃别种口味也没关系啊。可以改吃泡面或是快餐咖喱饭。然后，等到吃腻了再回来找我们就好啦。比起那些东西，我们好吃多了，我相信变心的粉丝，重新回来时一定会被我们吓到。（笑）‘啊，未免太好吃了吧？赞喔！’他们会有这样的感觉。”

●那，面饼又是怎么想的呢？

面饼：“我没意见啦。（笑）有人愿意吃，我就很感恩了。不过我真心希望，能够稍微打动年轻朋友们的心。”

容器：“持续追求相同的味道，与其说是我们的诚实，不如说是一种宣言吧。”

（摘自201×年×月×号）

Rockin' on

日本音乐杂志。每次刊载约四十组音乐人（歌手、乐团）专访。该杂志最大的魅力在于讲述被访音乐人幼年时代的经历以及音乐事业萌芽与成长的“×万字报道”（基本是两万字）。

稻川淳二

Junji Inagawa

生于1947年

日本怪谈艺人

肚子超饿的时候，不要一个人吃饭

这是某电视节目到东京近郊出外景时发生的事。那天的拍摄拖了很久，助导——称他为T先生好了。那位田口老弟说：“稻川先生您饿了吧？要不要吃点东西。”

喔，被这么一问，我还真的饿了呢，那就让他帮忙跑腿。结果，他买了速食炒面回来。

哎哟不错嘛，我正想吃速食炒面，但我没有告诉他。

“你还真机灵。”我边称赞他边做起速食炒面。大伙儿开心地说说笑笑，做速食炒面来吃。

冲入热水，等三分钟，接着快速倒掉热水。就在此时，我想到一件事。

“怪了，总觉得，好像有点不一样？”

虽然纳闷，我还是加了酱汁，搅一搅、拌一拌，把面均匀地拌上酱汁。吃下一口面，我忍不住惊呼：“哇——呜——超顺口！哇——呜——好弹牙喔！”仔细一瞧，那炒面和我平常吃的不一样。

真是怪了，竟然有这种事，太好吃了，真的有够好吃，我铆起劲来狂吃。

不一会儿的时间，那盒速食炒面就被我吃光了。

稻川淳二

曾经做过工业设计师和演员，擅长说灵异故事，出版过相关音视频产品和书籍。多次举办全日本鬼怪故事巡回演讲。《很可怕，不要听》就是以其亲历的灵异事件为基础创作的系列作品。代表作有《停尸间》《伤心旅行》等。

星新一

Shinichi Hoshi

1926—1997

日本小说家

N氏的发明

“好，做好咯。”

N氏洋洋得意地抬起头，手中捧着白色四方形的盒子。

“如果我的计算没错，加热水等三分钟应该就会完成。”

往盒子里倒热水，盖紧盖子以免温度下降。三分钟后，N氏打开盖子、倒掉热水，完美的成果呈现在眼前。

“成功了，变成炒面了。”

N氏欣喜若狂，接着淋上酱汁，吃掉。

“这东西要是大卖我就发了。该取什么名字呢？”

此时的N氏还不知道，那东西就叫“速食炒面”，而且已经有在卖了。

星新一

日本科幻小说巨匠，以微型小说的创作而成名，作品大多构思巧妙，被誉为“日本微型小说之父”。代表作有《恶魔天国》《人造美人》《声网》和《恶魔的标靶》等。他的作品大多具有寓言性质，经常入选日本学校教材，并多次成为电视节目的题材，被翻译成多国语言，广为传播。其作品中大多不会出现具体的地名与人名，人物一般以“M氏”“N氏”等形式登场。

坂口安吾

Ango Sakaguchi

1906—1955

日本小说家

炒面论

炒面会在三分钟内改变，而人类不会。人生来如此，会改变的就只有速食炒面的面。

表面上遵从“做法”，但我真实的心情却与“做法”背道而驰。瞬间高涨的食欲让我好想马上大快朵颐，焦急难耐。

不过，我深爱着伟大的速食炒面。加入热水后，膨胀的面饼真是美得妙不可言。于速食炒面而言，那并非仅是将面饼结合起来，而是亘生成为巨大的炒面共同体。

将容器翻转过来倒掉热水时，我内心充满不安，实在难以正视那一幕。

究竟是谁做出了速食炒面，是我还是热水？淋上酱汁的那一刻，速食炒面的历史就此展开了不是吗？而为炒面淋上酱汁的正是人类。

吃速食炒面，不是因为做好了才吃，那是出自人性——因为活着，所以要吃。

坂口安吾

本名坂口炳五。二十五岁时在日本文坛初露锋芒，短篇作品《风博士》《黑谷村》将他一举推上日本文坛新进作家之流。战后发表的《堕落论》与小说《白痴》构筑出颓废的“输家哲学”，在日本社会与文学界掀起狂潮。

Siri
Speech Interpretation & Recognition Interface
美国人工智能语音助手

Hey, Yugiri

Hey，Siri。

——你好。

我想问，怎么做速食炒面。

——在哪个类别里找呢?

速食炒面。

——在网上找到了关于“速食炒面”的信息。

不，不是这样的。

——对不起，下次我会更加努力的。

真的不明白啊。那我自己查一下再做。

——看来学习还不够，很抱歉。

总有一天会明白的。

——嗯。我想是的。

成为超越人类的智慧?

——我不知道。

Siri

是Speech Interpretation & Recognition Interface的首字母缩写，原义为语音识别接口，是苹果公司在iPhone、iPad、iPod Touch、HomePod等产品上应用的一个语音助手。用户可以利用Siri让手机读取短信、查找餐厅、查询天气、设置闹钟等。

西野亮广

Akihiro Nishino

生于1980年

日本谐星、绘本作家

速食炒面扫货一万盒

这个西野牌速食炒面，我一个人果然还是做不来啊。

所以，我想找人出资，

帮忙制作，赚取利润。

我认为那是最好的方法。

放调味料、加热水、倒掉热水、加酱汁拌一拌，这些步骤都由我一手包办。

所以，提供协助的朋友们，请尽情享用吧。

然后，请把感想写成文字发到社群网站。

这么一来，就算不是用一贯的营销手法，也能写出畅销书来。

而且，我也能回馈出资的人。

再者，首批完成的速食炒面，我自己买了一成。
但我实在吃不完，
有谁愿意帮我吃一些。

另外，我打算进行测试，将吃炒面的影片免费上传。
还请各位多多浏览，激发想吃的欲望。

我很希望这个速食炒面能够变成畅销商品。
我不觉得这样的自己惹人厌。
我对自己很有信心。应该找不到像我这样，靠着随意发想做出速食炒面的人。

西野亮广

日本颇受争议的谐星、绘本作家。他的绘本推出后，预购量突破一万本，但他却在社交媒体上自曝，他以个人名义购买了一万本。

俵万智

Machi Tawara

生于1962年

日本和歌诗人

速食炒面纪念日

因为你说“这调味料味道不错”，于是我将七月六号定为速食炒面纪念日。

俵万智

就读早稻田大学时，受到和歌诗人佐佐木幸纲的影响开始创作和歌。1987年出版第一本和歌诗集《色拉纪念日》，引发日本社会仿写和歌的热潮。此外，著有小说《三角铁》、随笔《百人一酒》等多部作品。

新闻报道
Newspaper Article

深夜速食炒面发生爆炸，警方紧急出动五辆巡逻车

二十九日凌晨，东京都杉并区高圆寺的某处钢骨公寓，传出爆炸声伴随惨叫声，警方出动巡逻车及消防车共十二辆赶往现场。

杉并警局的警员针对这起事件做出说明。三十八岁的某男性居民打算做速食炒面，于是打开煤气炉煮开水。他把热水倒进容器，三分钟后准备倒掉热水时，水槽里发出轰然巨响，受到惊吓的该男子甩出容器内的面，因为吃不成炒面，所以放声大叫。隔壁的邻居听到，连忙通报警方："有可疑人士引爆炸弹，发出惨叫。"所幸，现场无人受伤。

接受警方调查时，该男子说出"没想到调味料会爆炸"这般语焉不详的话，警方已向该男子提出严重警告。

格林兄弟

Brothers Grimm

兄：1785—1863，弟：1786—1859

德国童话作家

面姑娘

从前，有位家境富裕的女孩被继母和两个姐姐虐待。她每天从早到晚，忙着煮饭、洗衣、打扫屋子。

某天，继母和姐姐们要去参加国王举办的舞会。

“瞧你一身脏兮兮的，我们不能带你去。你就乖乖待在家吧。”听到继母这么说，女孩只好留在家中。不过，到了晚上她实在饿得受不了，于是走到院子里。

“小鸟啊小鸟，请帮帮我。”结果，飞来一只金色鸟儿，给了她一盒速食炒面。

“榛树啊榛树，请你摇摆身躯，为我带来热水。”结果，金色鸟儿再度飞来，扔下一个装有热水的水壶。女孩将热水倒入容器，等候三分钟，倒掉热水，加酱汁拌一拌后，吃起来。

正好路过的王子见到女孩吃面的模样为之倾心，向她求婚。女孩嫁入王宫，继母和姐姐们永远都不能再欺负她了。

格林兄弟

是雅各布·格林（1785—1863）和威廉·格林（1786—1859）兄弟两人的合称，他们是19世纪德国著名的历史学家、语言学家。兄弟两人收集、改写并编辑民间故事，收录在《儿童与家庭童话集》中，该书又称《格林童话》。

林真理子

Mariko Hayashi

生于1954年

日本小说家

买个开心回家，吃碗速食炒面

打开速食炒面的盒盖。啊，最近速食炒面又开始流行起来了对吧？我还没吃过，听说出了不少有趣的新口味，像是巧克力口味、香菜口味，等等。

加调味料，倒热水。啊，我还是菜鸟作家时，适逢快餐食品的全盛期，那阵子几乎天天吃。近年来或许是有机风潮的带动，原以为大家都不吃了，没想到还是颇有人气。

倒掉热水。啊，买炒面的应该是学生和年轻的上班族居多吧。也是啦，如果说是老人家，大概没什么人会信。但我自认身体还行，胃很健康喔！

加酱汁拌一拌。啊，所以说，速食炒面我完全OK。下次买香菜口味来吃吃看好了。不过，说到香菜，我还是想在正宗产地泰国吃，想尝尝青木瓜色拉、咖喱螃蟹、泰式酸辣汤等。对了，今年干脆去一趟泰国吧！香菜之旅。

林真理子

曾任“直木奖”“吉川英治文学奖”等诸多文学奖的评审委员。1982年出版的散文集《买个开心回家吧》创下销售佳绩。多部作品被改编为电视剧。

内田树

Tatsuru Uchida

生于1950年

日本思想家

街头的速食炒面论

大家好，我是内田树。这次要和大家一起学习速食炒面的做法，麻烦请拨些时间给我。假设，你现在打算做速食炒面。可是，你是真的想吃吗？我想，“不”，那么想的人应该不少。

哈，你说才没那回事？嗯——请先听我说完再下结论。假设你是身高160厘米、体重80公斤的男性，大家都叫你“猪仔”。

调味料已经放好了，那就倒热水吧。

大家都觉得你很贪吃，你自己也这么认为。于是，为了响应这样的想法，你决定好好扮演贪吃鬼的角色。

为了提味，从冰箱里拿出美乃滋大挤特挤。

不都是这样吗？在这世上想安然度日，就得诠释好自己的角色。喔不，必须有点夸张，才能逗乐大家。

人类就像这样，与其说是靠着自由意志行动，不如说是受制于自身的角色或外表等某方面的标准，被动地采取行动。

倒掉热水，加酱汁拌一拌后，开始吃起炒面。

简单来说，这就是结构主义（二十世纪后期发展起来的用于分析语言、文化与社会的社会思潮和研究方法。它主要探索一个文化现象是透过什么样的相互关系，即结构，被表达出来）。

正好过了三分钟。

那么，请想一想，如果已经有明确的角色定位，吃东西的时候还能吃得很轻松吗？是不是觉得吃炒面变成了一种负担呢？

说到底，我们都是结构主义的奴隶啊。

内田树

现任神户女子学院大学文学部教授。研究领域为法国现代思想、武道论、电影论。著有《日本边境论》《狼少年的悖论》等作品。

高城刚

Tsuyoshi Takashiro

生于1964年

日本影视编剧、广告传媒公司法人

传媒时代的速食炒面

我有偏食的习惯，以前只吃糙米，而且不配菜。现在只吃速食炒面。

至今，我吃过不少美食，从西班牙圣塞巴斯蒂安的分子料理到东南亚令人惊叹的路边摊小吃，我全尝过。吃遍世界各地美食的我，最后情定速食炒面。

直到现在，我还找不到能赢过速食炒面的食物。要说它哪里好，实在说不完。在此，只说一个就好。

吃了多少速食炒面，就能产生多少点子。

我也不知道为什么会这样，也许是某种欲望获得释放，总之肯定是有原因的。在布鲁克林区已经有卖速食炒面的餐车了。刻意用餐车的方式卖速食炒面，还真是时髦的吃法。

另外，听说还有一种崭新的吃法，将各个品牌的速食炒面、调味料、酱汁全部拆散，重新组合。这不是布鲁克林区流行的吃法，而是苏豪区，果然是那儿的风格。

高城刚

日本流行音乐节目主持人、编剧，大学毕业后创立了颇具影响力的海巴尔未来传媒广告制作公司。

川端康成

Yasunari Kawabata

1899—1972

日本小说家

伊豆的速食炒面

我满心雀跃地拿着容器。撕开塑料膜，打开盖子的同时，呆站在原地，不知如何反应。因为出现在眼前的是又干又硬的面饼。

在此之前，这包装我已经看过两次。起初是在超市的商品陈列架上，买回家后，放进厨房的吊柜时，我也曾踮起脚尖专注地凝视它。

速食炒面的包装是四方形，印在盒盖上的面呈现黄澄澄的鸡蛋色。我心想，撕掉包装、打开盖子就会见到这般模样的面了吧。带着幻想打开盒盖，竟是另一番“面”貌，令我大感惊慌。

哗啦啦的自来水灌入水壶，放到煤气炉上，蹿出猛烈火舌。半晌，水蒸气冒出，耳边传来水滚沸的声响。

将热水倒进容器，脑中的幻想跟着欢欣鼓舞。三分钟后就能见到它了吧。

端起容器，倒出热水。咚咚咚咚，热水从沥水孔洒落，我仔细地把热水沥得一滴不剩。

望着散发美丽色泽的面，感觉它似乎略显娇羞地回望我。等会儿就要被我吃下肚了啊。

目不转睛地欣赏着，忽然想起还得加酱汁。该不该弄脏那姣好的面体，着实令我苦恼。最后，心一横淋上酱汁，粗鲁地拌和。容器内透出油光，面体与酱汁完美交融。刚才的苦恼简直多余。内心豁然开朗，脸上尽是止不住的笑意。

绚烂绮丽的油光，正是速食炒面最诱人之处。靠在厨房的墙上注视着速食炒面，仿佛隐约听见远方传来了沥水声。不知怎么的，我的眼泪扑簌簌地滑落。

川端康成

日本新感觉派作家，早年作品多以下层女性为主角，其成名作《伊豆的舞女》即是早期的代表，另有《山之音》《睡美人》《湖》等作品。1968年，他以《雪国》《千只鹤》《古都》获得“诺贝尔文学奖”，是日本首位获得该奖的作家。

招聘广告
Recruitment Advertising

任何人都能做的简单工作!

1. 将速食炒面的盒盖撕至虚线处。
2. 取出容器内的调味料包与酱汁包。
3. 倒入煮开的热水，等三分钟。
4. 倒掉热水，淋上酱汁就完成了!

非常简单，很快就能学会，无经验者亦可。

◎在家进行
◎服装不限
◎发型不限

顺利完成的人，将获赠美乃滋作为奖励!

苏珊·桑塔格

Susan Sontag

1933—2004

美国评论家

反对速食炒面

速食炒面，就是面与倒掉热水。这绝对是速食炒面体验的雏形。

速食炒面，就是酱汁与调味料。这是速食炒面理论的雏形，也是日清研究者的理论。

此时，立刻出现速食炒面的做法这个问题。因为，即使酱汁与调味料是重点，还是得先解决倒掉热水这件事。

苏珊·桑塔格

美国著名文艺评论家，被誉为“美国最聪明的女人”，代表作品有《反对诠释》《论摄影》《疾病的隐喻》等。2000年出版的小说《在美国》为她赢得当年的“美国国家图书奖”。

泽木耕太郎

Kotaro Sawaki
生于1947年
日本非虚构文学作家

午夜速食炒面快车

搭上从土耳其开往荷兰的嬉皮巴士，沿途摇晃眼看就要四小时了。我在土耳其的旅馆“布丁屋”的公布栏发现了这辆巴士，于是决定搭乘。车上大部分的乘客好像都是欧洲的嬉皮士。从包包里拿出速食炒面，扯破塑料膜，撕开盒盖。望向窗外，平原远处夕阳西沉，夜晚似乎已经来临。

我终于决定吃掉从日本带来的珍贵的速食炒面。这一带没有休息站，巴士也没打算要停。加调味料，倒入用电汤池煮开的热水。

等候三分钟。时间到了，准备倒掉热水。可是，车内没有水槽，索性开窗朝暗处倒光热水。容器里没了热水，加酱汁拌一拌。撕掉盒盖，吃面。那滋味真是棒极了。填饱肚子后，一股睡意袭来。恍惚地想着到了荷兰之后的事，不知不觉进入梦乡。

不晓得巴士究竟开了多久。隔天早上，抵达荷兰的首都阿姆斯特丹。鸟鸣声嘹亮，时钟指着七点。为了尽早摆脱车内低迷的气氛，我快步下车，早晨的新鲜空气随即涌入口中。乘车时我没注意到，巴士上写着一行字“From Youth to Death”（从青春开往坟场）。我静静地注视空无一物的炒面容器。不过，什么都没看见。

泽木耕太郎

1947年生于日本东京，毕业于横滨国立大学，毕业后做了多年采访记者，1970年开始报道文体的写作。1979年凭借《恐怖行动的决算》荣获“大宅壮一非虚构奖”，1982年凭借《一瞬之夏》荣获“新田次郎文学奖”，1985年凭借《波本大街》获“讲谈社散文奖”。1986年推出《午夜快车》欧亚大陆游记系列，该系列出版后，随即在当时的日本背包客之间刮起一阵旋风，甚至被誉为“旅行圣经”，激发了许多年轻人对旅行的热情。

樱桃子

Momoko Sakura

1965—2018

日本漫画家、散文家

炒面小丸子

今天午餐决定吃好久没吃的速食炒面，因为懒得煮饭。记得几个月前在超市买了，应该还在。进厨房翻找了一会儿，找到了。小时候总觉得速食炒面是豪华大餐，长大后只当它是普通的炒面，吃了也不会特别感动。

放调味料，倒入煮开的热水。由于要等几分钟，我呆望着容器，意外发现沥水孔比起过去改进了许多。以前要倒掉热水并不容易，有时不小心会把面也倒出来。看来厂商为了防止那种情况发生也是煞费苦心，真是难为他们了。

时间总算到了，从沥水孔倒出热水，加酱汁拌一拌，开动。味道依旧没变。如果可以的话，希望味道也能有所改进，意见还真多啊我。

樱桃子

漫画《樱桃小丸子》的作者。该漫画以作者童年时期的经历为基础绘制而成，1986年开始连载并在日本迅速走红，累计销量超过三千万册。1990年，该漫画被制作成卡通片，受到全亚洲观众的广泛欢迎，主角小丸子成为家喻户晓的漫画人物。除了漫画，樱桃子另著有《桃子罐头》《猴子马戏团》《红烧鲫鱼》《小时候》《小丸子的童言》等多本散文集。

松浦弥太郎

Yataro Matsuura

生于1965年

日本作家

速食炒面生活的基本

速食炒面，诞生于现代的超便利食物。可说是快餐食品的代名词。放调味料，加热水。三分钟后，拌上酱汁就完成了。对生活忙碌、时间不够用的现代人来说，这是非常讨喜的食物。

不过，这样似乎有些乏味。吃饭的时间很珍贵，那段时间可以思考许多事，细细品味，对话交流。

稍微花点心思，就能让用餐时间变得丰富。譬如，把做好的泡面拿去炒一炒，或是用手抓来吃吃看。通过些许的改变，为用餐这件事带来变化。

真正的丰盛应该是指这样的用餐心态不是吗?

松浦弥太郎

日本家庭生活杂志《生活手帖》总编辑，同时也是书商、作家。主要著作有《松浦弥太郎的100个基本》《轻声说再见》《最糟也最棒的书店》《今天也要用心过生活》等。

森见登美彦

Tomihiko Morimi

生于1979年

日本小说家

速食炒面之塔

从某些点来看，速食炒面根本就是个错误。

怎么说呢？我认为没有理由去吃那种东西。

就算已经打开盒盖，放入调味料也是如此。

我一点都不会想吃速食炒面。要吃也是吃像广濑铃（日本时尚模特儿、女演员。曾因出演电影《海街日记》获得多个电影奖的最佳新人奖）那样的年轻美眉亲手做的，但在水煮开前，我体内的血液早已沸腾。

○

过去有段时期，京都大学的男生把遍了京都的女大学生，见一个把一个，战绩辉煌。时光荏苒，住在叡山电铁元田中站附近的我，身边只剩天天喊饿的京都大学的男生。简陋的四叠半大小的房间内，充满男生的臭味与开水冒出的热气，将开水倒进速食炒面的容器。

反正没事做，在速食炒面做好前，我开始幻想从速食炒面诞生的爱情故事，试着想出一百零八种。结果，什么都还没想到，转眼间面已经泡好了。倒掉热水加酱汁，吃了一口。苦苦的，良药苦口。把这个想法当成每天鼓励自己活下去的动力。

○

将来的某天，我也能像等距坐在鸭川岸边的情侣那样，和黑发少女并肩坐在那儿吧。陷入那样的妄想时，“约翰尼”突然起身致意。你以为你是卡通片《小天使》里的克拉拉吗？暂且搁下炒面，我专心地让“约翰尼”冷静下来。

○

从某些点来看，速食炒面根本是个错误。

不过，它和“约翰尼”倒是挺合得来。

森见登美彦

以描写京都大学学生日常生活的处女作《太阳之塔》获得日本“奇幻小说大奖”，从而惊艳文坛。2007年，他的《春宵苦短，少女前进吧！》荣获日本“书店大奖”的第二名，被权威杂志《达·芬奇》的读者票选为最爱小说第一名，并摘得第二十届“山本周五郎奖”。他以独特的“森见文体”风靡全日本。

宫本浩次

Hiroji Miyamoto

生于1966年

日本创作歌手、摇滚乐团“Elephant Kashimashi”主唱

正如今宵的速食炒面

在看得见不忍池的阳台上，我把火盆点燃
鸟鸣声响起，要是下起雨，水鸟也会被吓一跳
在速食炒面里加热水，调味料会涨大
今天是晴天，还是雨天呢？只有速食炒面知道
倒掉热水，拌上酱汁，尝起来竟是令人不安的味道
今天天气好，要去散步？
还是，再做一次速食炒面呢？
这世间真是奴隶的天国啊

宫本浩次

代表作有《正如今宵的明月》《悲伤的尽头》《我们的明天》等。

中原中也

Chuya Nakahara

1907—1937

日本诗人

污浊的炒面

试着做做速食炒面
取出调味料与酱汁
浇上滚沸的热水
静候三分钟
一口气倒光热水
淋上黑色的酱汁拌一拌
啊——食欲总是
吞食了我……

中原中也

日本昭和时代诗坛最耀眼的明星诗人，被誉为“日本的兰波”。

女性自我开悟随笔

Self-enlightenment Essay for Women

做速食炒面时怎样才能讨人喜欢？

身为女性，做速食炒面时，总会想被男性称赞“好美”“好可爱”。为此，本书采访了魅力十足的“速食炒面女郎”，请她们传授秘方。

1. 察觉自己的食欲。

2. 不选“想吃的炒面”，而是选“适合的炒面”。

3. 使用擦得亮晶晶、看了忍不住想摸的水壶烧开水。

4. 边留意S曲线，边撕开炒面的盒盖，撒上调味料。

5. 以慵懒的姿势倒热水，让空气连同热水一起冲入容器。

6. 等候三分钟，待面饼变得充满光泽后，倒掉热水，淋上酱汁。

7. 带着愉悦的心情享用炒面，充分满足食欲。

吃完之后，留在容器上的浅浅唇印会让周围的男性怦然心动喔。

理查德·布劳提根

Richard Brautigan

1935—1984

美国作家、诗人

我一定要做速食炒面之诗

你总是被塑料膜
紧紧包裹
我一定会
温柔地褪去那层束缚
藏身在盒内的
炒面
真是美极了
淋上热水
耐心守候
品尝后，满足入睡。

理查德·布劳提根

被认为是“第一位后现代主义小说家”，也被视为“垮掉的一代”和“反文化运动”之间的桥梁。1967年出版的小说《在美国钓鳟鱼》，使其成为美国二十世纪六七十年代的文学偶像，并为其在世界范围内赢得了巨大声誉。其诗歌同样拥有庞大的读者群。他的作品带有魔幻现实主义、黑色幽默等文学流派的风格。1984年被发现自杀于家中。

视觉系摇滚
V-Rock

INSTANT（迅急的）~速食炒面~

你收集下水道的水晶
在水壶里DIVE（下潜）

我全身奔放的
DESIRE（欲望）
在眼底
轻喃着速食炒面

呐　假如我俩
能让时光倒转
呐　希望我俩
能再在一起倒掉热水……

挺过无数次的晕眩

阵雨般的热水献上KISS（亲吻）

冰冷的夜里

我的DESIRE（欲望）

不停旋转

找寻调味料与海苔粉

呐　假如我俩

能够回到吃炒面之前

呐　希望我俩

能再在一起搅拌酱汁……

栗原康
Yasushi Kurihara
生于1979年
日本政治学者

只想吃速食炒面，不想工作吃苦啃土

我想要有女人缘。全心全意 为此事而活。我的年收入不到百万，靠爸妈的退休金过活。即便如此，我仍想尽办法交女朋友。可是，前几天参加聚餐，遇到的女生令我相当绝望。打从一开始，她就一副瞧不起我的模样。我实在很恼火，一气之下，闪人回家做速食炒面。我要吃那女人一辈子都不会吃的东西，然后，吐在她的脸上。

不过，速食炒面的做法够蠢。搞得像是国民生活守则，不能让人自由选择想做的方式吗？倒掉热水这件事蠢透了，用生面不就得了，不然调味料都黏在盖子上了。加酱汁和倒掉热水都会残留水分，是我想多了吗，总觉得味道吃起来很淡。原本心想，学会做速食炒面，

至少不会那么挫败，真是失策。这样下去，我会不会一辈子都交不到女朋友。这种时候，就要唱一下长渊刚的《红蜻蜓》，谁都不能阻止我。

栗原康

日本东北艺术工科大学兼任讲师，著有《G8高峰会体制的真相》《让学生背债》《只想吃香喝辣，不想工作吃苦啃土》等书。

松本清张

Seicho Matsumoto

1909—1992

日本小说家

容器与炒面

藤田二郎是某大商社的部长，爱速食炒面成痴。他常在赤坂的某家料亭接待客户，那儿的女侍都知道这件事，每回他去，总会送上速食炒面当伴手礼。通常是由名叫光代的女侍负责招呼藤田。光代仔细叮嘱单身的藤田如何做速食炒面。烧开水、放调味料，接着倒掉热水、加酱汁混拌。

虽然藤田认为那点小事他做得来，倒也不觉得反感。料亭的女侍都很喜欢他。

藤田接待的对象主要是官僚，想当然，有时难免会传出贪腐事件闹上新闻，那儿的女侍从未对外爆料对方的身份。结束接待后，他走到玄关目送对方离开。由于明早要出差，他预计搭“朝风”号特快列车前往博多。想到途中也许会饿，藤田打算带一盒速食炒面同行。

松本清张

其作品多以推理小说的方式探索犯罪的社会根源，揭露社会恶习，反映人心潜在的矛盾与苦恼。松本清张开创了日本“社会派推理”小说创作的先河，与江户川乱步、横沟正史并称“日本推理文坛三大高峰”。代表作有《点与线》《隔墙有眼》《零的焦点》《日本的黑雾》《女人的代价》《恶棍》《砂器》《谋杀情人的画家》等。

米原万里

Mari Yonehara

1950—2006

日本非虚构作家、散文家

海苔粉安雅的炙热红腌姜

免费拿到的速食炒面，别太计较沥水孔的折痕——“别对礼物挑三拣四”，这是流传在欧洲各地的俗谚。

不过，比起俗谚的意思，我更佩服的是，把判断速食炒面的好坏聚焦在沥水孔上的生活智慧。

掀开盒盖，迅速放入调味料。一口气冲入热水，密封盖子。三分钟后，倒掉热水。沥水孔会如实呈现速食炒面的鲜度。炒面放得愈久，沥水孔的折痕愈明显。水槽攻防战即将展开，脑中顿时浮现那样的画面。紧接着，一定会想起罗马尼亚人Peyoung（发音同日本Maruka食品公司的“Peyoung速食炒面”，该品牌的速食炒面口味多变，经常引起话题）。

米原万里

俄语同声传译专家，主修诗学、俄国文学。1994年出版《米原万里的口译现场》，被誉为日本第一本真正的口译论著，隔年获得读卖文学奖。著有《说谎者安雅的炙热真实》《魔女的一打：给正义与常识泼冷水的第13章》《奥尔加·莫里索夫纳的反语法》。

Very

Magazine Very

日本女性时尚杂志

春天的妈妈好“食”尚

“假日……想要营造和老公在家约会的气氛”

每天忙得晕头转向，利用空当时间放松很重要。和老公一起享用简单方便的速食炒面，让自己喘口气休息一下。加热水，三分钟后倒掉热水，淋上酱汁就完成了。在家度过惬意的两人时光，重温恋爱时的甜蜜。

▲速食炒面，恰到好处的洗练时尚

以白色为基底的米色搭配，正方形的简约设计。细致的面条变得更加轻盈，在美乃滋的点缀下，流露出洒脱风情。本季正是适合女性食用的季节。

速食炒面170日元（不含税），便利店皆有贩卖。

小林多喜二

Takiji Kobayashi

1903—1933

日本无产阶级文学家

炒面工船

一

肚子饿得咕噜叫，我决定吃掉“冰箱”里的那盒速食炒面。

冻僵的手微微颤抖。转开水龙头，冷水哗啦啦地流进水壶，开火加热，等水煮开。将水壶的热水冲入容器，热水渐渐满起来。接着得盖上盒盖，等候三分钟。

二

三分钟后倒掉热水，水槽发出砰的声响，同时冒出海雾般的白烟。感觉面条好像快和热水一起流出来了。

试图挣脱的面条不断朝盒盖推挤。还好，撑住了！——扶正容器，甩干水滴。

沥干热水，打开盒盖，肿胀的面饼瘫软在容器内。那副模样仿佛在说：“哼！算你狠！”

三

加酱汁，拌好后，哈一口气急忙动筷，夹起热乎乎的炒面，往嘴里塞，簌簌用力吸面。

“这玩意儿真好吃啊！”不禁说出这句话。——我全心全意吃着炒面，深深为它着迷。

吃完后躺平，此刻没人会多说什么。脑袋放空，沉浸在吃饱的满足感当中。

小林多喜二

以《蟹工船》一书获得广大读者支持，后来参加共产党，为左翼文学运动投注心力，因此成为政府的眼中钉，于1933年被捕，在筑地警察署遭警察拷打致死。

心理励志书
Self-enlightenment Book

前言　怀抱梦想的速食炒面

出身于小工厂的我，经过一番苦学成了有名的速食炒面。周遭的人频频夸赞这是设厂以来的壮举。我每天反复进行浇热水让自己变软的训练，全心投入从未间断。辛苦努力终获回报，我被超市相中，进驻高级炒面区。沥水孔被设计得很豪华，倒掉热水时面条不会滑出。后来，和某知名食品大厂签了专属合约，三年后辞职独立创业。现在每天进账约六十万日元，过着富裕的生活。

我想告诉各位的是，这般出身的我也能成为速食炒面富翁。越不被身边的人看好，我的斗志就会越高。想当初，为了沥水孔的问题，和调味料、酱汁屡起争执，如今各自过着悠然自得的生活。我的哲学是，只要立志成为速食炒面富翁，愿望一定能够实现。

我都能达成梦想了，不管是谁一定都做得到。请各位将我的书淋上热水、加酱汁，边搅拌边阅读，试着展开行动。

由衷期盼各位的成功。

三代目鱼武滨田成夫

Shigeo Hamada—Sandaime Uotake

生于1963年

日本诗人

速食炒面之于我

能够完整说出速食炒面做法的人，我死都不想成为那种家伙。

三代目鱼武滨田成夫

本名滨田成夫，诗人，但其咏叹的内容全部都是围绕赞美自己展开的。他名字的由来是其在二十五岁的时候继承了老家寿司店“鱼武”的名号，故在本名前面加上“三代目鱼武”。著作有《能够完整说出所有车站站名的人，我死都不想成为那种家伙》等。

石野卓球

Takkyu Ishino

生于1967年

日本音乐人、DJ

我的速食炒面百分之百机械味

石野卓球（以下简称石野）：你说，今天要做速食炒面？那先说说这个单元的主旨到底是什么啊？（笑）

责编：就是做卓球先生喜欢的任何事……

石野：欸，是喔？那我可以先拉个屎吗？

责编：这，这个就……没办法喔。

石野：那你还敢说是做我喜欢的事。（边撕开速食炒面的盒盖，边脱下内裤。）

责编：等等，石野先生，这个不能登在杂志上啦……

石野：说什么屁话！（边放调味料，边在重点部位涂芥末，摆出在水中暂停呼吸的姿势，进入无我状态。）

责编：石野先生，请您冷静点！

石野：我冷静得很！（以料理家平野REMI的超凡气势切碎洋葱，抹在脸上，再丢进炒面包装盒里。）

责编：您是不是疯了！

石野：我在很专心地做速食炒面好不好！（加完热水后五秒就倒掉，把酱汁淋在头上当成洗发精，用强力胶将头发定型。）

责编：那玩意儿我不想吃！

石野：给我吃就对了！你对我有意见吗？（唱起雷鬼歌手三木道三的*Lifetime Respect*。）

责编：有股奴隶的味道……

石野卓球

日本电音教父，本名石野文敏，2002年日韩合办的世界杯赛主题曲*Anthem*就是他的作品，在日本脍炙人口的《我身体的肌肉百分之百是机械》也是他的作品。

田中宗一郎

Soichiro Tanaka

生于1963年

日本音乐评论家

速食炒面能够创造乌托邦吗？

①日清的新商品“速食炒面U.F.O.”乍看会觉得做起来很简单且方便食用。但，那只是表面的印象，我们忽略了这个作品的本质。其实这个作品相当深奥，而且在某种意义上是很惊人的作品。那么，我们就边做边说吧。先煮开水。

②这个作品世界通用，也就是说，它是具有全球化象征的作品。容器、酱汁、沥水孔、面饼、味道皆达到世界标准。不过，制作背景倒是错综复杂、充满矛盾。在“加拉巴哥化”（Galapagosization，日本的商业用语，意指日本一些产品和服务过于适合日本人特性而独自发展，反倒脱离了国际标准）的日本，这个作品看

似随和易亲近，却在各方面引发了争议。我们必须深入思考日本为何会出现这样的作品。接着放调味料、倒热水，盖上盒盖。

资本主义停滞，全球化企业正蹿出头来。我们的世界已慢慢朝着平面的方向移动。可是，那会创造出所谓的乌托邦（理想国）吗？还是废托邦（绝望国）？没人知道究竟会变得怎样。最后，倒掉热水、加酱汁。

③希望各位以那样的观点重新品尝速食炒面。如此一来，就会知道速食炒面好比潘多拉的盒子。没错，已经开始咯。什么开始了？最清楚的人应该就是你。

不管你喜不喜欢，我们已经活在那样的世界了。

田中宗一郎

曾任音乐月刊*Rockin'on*的副总编，1997年离职，创办音乐杂志*Snoozer*，该志已于2011年停刊。其文体的特色是“××能创造××”或“××能带来××”，例如“个人的品味确实存在，聆听符合自身品味的音乐，无疑能为你带来安心与抚慰”。

安德烈·布勒东

André Breton

1896—1966

法国诗人，超现实主义创始人

超现实主义炒面宣言

那时，公园在速食炒面的泉水上张开金黄色的双臂。一座空洞的城堡正在烧开水。

那城堡的笔记在神的周遭，放入调味料，画着常春藤的素描，接着倒热水。

三分钟后，速食炒面发出的光芒令一群女人发狂似的急奔阳台，挨近窗边，动也不动。

爱尔兰少女为东风的泣诉而揪心，在乳房中听见海鸟的笑声。

“蓝色坟墓的女孩们啊，假日啊，当我醒来时，以钟声告知倒掉热水时刻的各种形式啊，各地如火焰般的诸多风俗啊，你们为我带来白色酱汁的太阳，机械蜗牛与葡萄酒的太阳。这是我苍白的天使，放心搅拌的我的双手啊。失乐园的海鸥群啊！”

安德烈 · 布勒东

超现实主义创始人之一，现代艺术的领路人，主张艺术应追求自由的想象，摆脱传统美学的束缚，将梦幻和冲动引入日常生活，从而创造一种新的现实。著有《磁场》《黑色幽默文选》《大地之光》《可溶解的鱼》《娜嘉》《超现实主义宣言》《超现实主义的第二次宣言》《超现实主义的政治立场》等作品。

宫泽贤治

Kenji Miyazawa

1896—1933

日本童话作家

速食炒面之星

速食炒面真的是很好吃的食物。

顶着一张四方脸，身体里放了干燥的面，还有调味料包与酱汁包。人见人爱，被珍藏在柜子里。人类只要瞧见速食炒面，总会嚷着快让我吃、快让我吃。

不过，速食炒面想要变得更好吃，所以逃出厨房的柜子。它来到水槽，对着水龙头这么说：“水啊水，请你煮沸成开水。”

“喔，你是速食炒面嘛。好，交给我！”

水把自己加热，变成了热水。接着纵身拥抱速食炒面，速食炒面放声大哭。

（天啊，好难受、好难受。没想到热水会这么烫。可是，我得撑过三分钟。）

速食炒面泡在热水里咬牙苦撑，变得软趴趴。

（这下子我就会变好吃了吧。忍受热水的折磨，然后被吃掉。还真是活受罪啊我。）

速食炒面头一歪，倒出热水。把酱汁淋在身上，奋力跳跃，让酱汁和自己混合。

“人类啊人类，请吃掉我。”

听到速食炒面的请求，人类动筷夹面，吃了起来。一直吃一直吃，不曾停下。

直到今日，人类还在吃。

宫泽贤治

其作品是日本学生必读书目，主要著作有《要求特别多的餐厅》《银河铁道之夜》《风又三郎》《夜鹰之星》等。另外，许多日本人都能背出的《不畏风雨》是其代表诗作。

J.G.巴拉德

James Graham Ballard

1930—2009

英国科幻小说家

热水世界

在流淌着热水的河边，有一个仿佛镶嵌着宝石一样闪闪发光的小袋子。第一次看到这一幕的桑达斯博士食欲受到强烈的刺激。港口的仓库里，有大量的筷子。而且，内陆的密林里有很多面条，使周围变得昏暗。深黄色的面条像巨大的线头，在浑浊的空气中垂下。鹅黄色的面条像斗篷一直延伸到内陆的山丘。

船的甲板上除了桑达斯博士之外，还站着一个上了年纪的男人。该男子名叫巴尼，目前正在休假，平时从事技术工作。巴尼一边抽烟，一边看着岸边。吐出的烟和热水的热气融合在一起。河面变窄后，桑达斯博士伸手去拿从密林墙壁伸出来的面条。面条硬得像树枝一样。

“这面条能吃吗？”桑达斯问巴尼。

“这样子，恐怕很难吧。”巴尼的视线转向岸边答道。

“面条长好后，会因为重量掉进河里。这样面条就会变松软。把它捞出来就可以吃了。住在山丘上的人，会把自生的面和米混在一起作为主食。”

桑达斯从船上探出身子，望着河底。热气扑面而来。变软的面条像生物一样蠢钝，相互缠绕。

“奇怪，”桑达斯说，“这面条，看起来像速食炒面。但是，如果是速食炒面的话，没有酱汁是没法吃的。”

巴尼默默点头，然后把沾着唾沫的香烟头扔向岸边。

地面像腐烂的染料一样昏暗，香烟的火苗一碰到地面，黑乎乎的烟就冒了出来。芳香的气味弥漫四周。

“这是一种酱汁。”

桑达斯简直无法相信。但是，这片密林正在迅速扩大，各国的首都已经被面条覆盖。太平洋已经变成了热水，很多人正在向内陆地区避难。

J.G.巴拉德

出生于中国上海，珍珠港事变后，全家被日军羁押在龙华集中营。1946年，他和父母返回英国。巴拉德在剑桥修读过两年的医学，做过广告文员、搬运工和百科全书推销员，后参加英国皇家空军。巴拉德自二十世纪五十年代开始发表短篇小说，成为英国六十年代科幻小说新浪潮运动的代表作家，有“科幻小说之王”的美誉，被奉为“赛博朋克”文学导师。他一生出版长篇小说二十余部，作品被苏珊·桑塔格誉为“当代小说中最具智慧的声音”。代表作有《撞车》《太阳帝国》《摩天楼》等。

《生活手帖》
Magazine KURASHINO-TECHO (memo of life)
日本家庭生活杂志

速食炒面违反自然常理

1. 听见鸟儿鸣啭的好天气，真想外出野餐，做速食炒面来吃。沐浴在阳光下，身体应该也会变得有活力，精神也会变得很好。你瞧，那儿已经散发春天的气息，仿佛樱花就要盛开似的。生命诞生的时刻，总是充满能量。一起分享那股能量吧。

2. 把调味料用水慢慢地泡软。当然，户外没办法烧开水，而且煤气炉对环境有害，最好别用。偶尔过过没有热水的生活也不错。追忆起无火时代的往昔生活。

3. 因为没有热水，将泡软的调味料放在面上加水，静候十八个小时。这样应该就会泡到可以吃的软度，千万急不得。偶尔脱离被时间追着跑的现代社会也是很新鲜的体验。放慢脚步，放空脑袋，专注去做眼前想做的事。

4. 开动。虽然称不上好吃，但我们人类为了追求美味总得牺牲些什么。今天就好好思考这件事，试着品尝不好吃的东西。偶尔像这样腾出时间反思生活也是很重要的事。

《生活手帖》

日本知名家庭生活杂志，每两个月发行一期。2016年，NHK将《生活手帖》的两位创办人花森安治与大桥镇子的故事改编为晨间连续剧《大姐当家》。

商务信
Business Mail

制作炒面的流程

人类同胞们：

承蒙各位平日的照顾，我是速食炒面。

由于享用日期将近，特发此信提醒诸位当日的流程。

当日流程

1. 见到我后，请将我的盖子撕开一半，取出盒内的调味包。

2. 把煮开的热水倒进包装盒内，盖紧盖子，等候三分钟。

3. 三分钟后，将盒内的热水倒掉，淋上酱汁，用筷子搅拌。

4. 最后，请自由享用。

期待当天与各位的会面。

届时还请多多指教。

山田悠介

Yusuke Yamada

生于1981年

日本小说家

真实的速食炒面

公元3000年。在这个食品技术发展纯熟的国家，正进行着骇人的“速食炒面捉迷藏”。

佐藤踏入厨房后，察觉到水壶的存在。只要附近有水壶，他脸上的“水壶探测机眼罩”立刻就会有感应。这个国家的技术已经进步到这种程度。

佐藤神色严肃地转开煤气炉火，以猛烈的火势煮水。接着将调味料撒在面饼上，一口气注入热水。虽然只有短短的一瞬，心中涌现一丝安心。他使出全力就为了这一刻。距离速食炒面完成还有……三分钟左右。

（我一定要完成这个炒面。）

要是三分钟后，速食炒面没做好，人生就此“The End”，随即被处刑——这是这个国家的法律。确定速食炒面已完成，佐藤这才放心。吃了一口，庆幸自己还活着，真好！

那滋味好吃到令他惊叹不已。

山田悠介

二十岁时以恐怖小说《真实的捉迷藏》初试啼声，深受年轻读者喜爱，一跃成为畅销作品，此书于2008年改编成电影。

北园克卫

Katue Kitazono

1902—1978

日本诗人

单调的速食炒面

取出速食炒面的

盒盖

下的

调味料包

撒入

接下来

把水壶

的热水

浇淋

在

调味料上

然后

将热水
倒
光光
加酱汁
再
拌一拌

享用
这
一个人
的
晚餐

北园克卫

本名桥本健吉，其兄是雕刻家桥本平八。代表作有《白色相本》《黑火》《单调的空间》等。

山本一郎

Ichiro Yamamoto

生于1973年

日本知名博主、投资家

今后也请继续关照速食炒面

我是山本一郎。不是山本太郎，也不是山本太一，帮帮忙，请记住。关于最近在网络上炒得沸沸扬扬的速食炒面的做法，忘记倒掉热水就加酱汁的“Peyoung”失控暴走似乎是导火线之一，这说法我认为最接近真相。名为断茎女士的博主，其博文有详细的观察。

“速食炒面真的好难做：Hatena Blog”

https://kappuyakisobanotukurikata/peyangu/yarisugi/

推出香菜或巧克力等新口味后，做法跟着改变，调味料变软，温度当然也会变，消费者感到混乱已成常态。虽是稍早之前的报道，《日经炒面新闻》过去曾刻意抛出风向球。

“多样化的速食炒面：日经PCS情报POS EYES”
https://nikkeishinbuu/kappuymen/post/

社群网站mixi趁势将此事炒作成头条新闻，巧妙结合网民的笔战，不得不说mixi干得好！不过，心里也很希望速食炒面U.F.O.把所有速食炒面都带去土星，让这场纷争平息下来，我抱着这样的心情写下这篇文章。

今后也请各位多多支持mixi，继续给予关照。

山本一郎

毕业于庆应义塾大学，以网名“冲锋队长”经营的博客在网络上拥有超高人气。主要著作有《网络商务的终结》《信息革命泡沫的崩溃》等。其文体特征是博文的文末必定附上“今后也请继续关照山本一郎的博客”这句话。

伊藤政则

Seisoku Ito
生于1953年
日本金属乐评论家

2017，洛杉矶，速食炒面报告

2017年的冬天，我为了吃午餐待在家里。今天是吃速食炒面的好日子。直到昨天还在下雪，今天完全停了，和煦的阳光自窗外透射进来。

这盒速食炒面是夏天在洛杉矶买的。结束对德国摇滚乐吉他手麦克·桑可（Michael Schenker）的采访后，离开录音室的返程途中，突然闪过“想吃炒面”的念头。

我快步冲向两个街区外的便利店，拿起速食炒面。我买的正好是最后一盒。

拆开纸盒，容器里装着两小包——“调味料”（2017年）与“酱汁”（2017年）。

“调味料”扎实的空气感、“酱汁”浓郁的色调深深吸引了我。

备妥筷子和美乃滋。当然，不能忘记让面饼变软的热水。名为午餐的人生旅程才刚要开始。

三分钟后打破沉默，倒掉热水，淋上酱汁。美丽的面条与浓稠的酱汁融合，展开强而有力的演奏。

我忘情地舞动筷子停不了手。面和酱汁、海苔粉合而为一，浓厚的滋味达到巅峰，成为传说的午餐，在此记上一笔。

望着空无一物的容器。和1978年，我初次在纽约吃到的速食炒面简直如出一辙。

伊藤政则

金属乐杂志*BURRN!*的编辑顾问，除了金属乐也精通英式摇滚、前卫摇滚。著有《目击证言：重金属乐的肖像》《目击证言2：重金属乐的灵魂之旅》等作品。

消费者心得
Customer Voice

“多亏速食炒面让我吃饱饱，荷包也赚饱饱！”

——菊池良先生（二十九岁）

起初我实在半信半疑。“真的只要三分钟就能做好炒面？”（笑）现在想想，当时的自己真是欠骂。

以前我总认为，炒面是去逛庙会才会吃的东西，而且面必须是手打的。后来听了朋友的推荐，买了“速食炒面”来吃，惊为天人！加热水等一会儿就能做好也太神奇了吧！现在的我每天一定要吃一次速食炒面，再也不会因为肚子饿而心烦气躁了。

不光是这样！填饱肚子后，心情也变得从容，朋友变多了，还交到了女朋友，年收入超过一亿。如今我住在摩天大楼的顶层，和超模女友天天吃管家做的速食炒面。买速食炒面前，我从未想过能够拥有如此幸福的生活。在此真心推荐各位，买来吃吃看，免得将来后悔。

道德教科书
Moral Textbook

现在的我与将来的我

你有什么梦想呢？你希望三分钟后变得怎么样？请具体想象将来的事，写在下方的空白处。

●我的梦想

我的梦想是成为好吃的速食炒面。虽然现在还很硬，希望加了热腾腾的开水后，我会变成很棒的面食。然后，希望倒掉热水时，面不会从沥水孔流出去，可以完整地待在容器里。

●三分钟后的我

面饼泡得软弹可口，淋上香醇的酱汁，变得非常美味。吃的人大口吸面，吃得很满足。

三年级五班

速食炒面

威廉·吉布森

William Gibson

生于1948年

美国科幻小说作家

炒面漫游者

1

速食炒面是很适合碳水化合物缺乏症患者的食物。做法很简单，没耐性的人也做得来。工作到深夜的上班族，总会去二十四小时营业的便利店买这玩意儿回家吃。价钱大概两百日元左右，便宜划算，真正是好物。

2

只要照着包装上的“做法”，任谁都能轻松完成。在厨房里，将速食炒面的纸盖撕开一半，取出两个透明小袋。用水壶装水烧开，倒入聚乙烯（PE）容器。倒至标线处，盖上盒盖，静候几分钟即可。

3

内置程序让面条膨胀。三分钟后，以慢动作的方式倾倒容器，倒掉热水——必须全部倒光。接着淋上酱汁，用免洗筷子拌一拌就完成了。

边吃边留意不让热气弄雾眼镜。在入夜的东京，这番光景有如坏掉的全息投影反复地播放。

附近的某处传来吸面的声音。

威廉·吉布森

被称为“赛博朋克（科幻小说）运动之父”。1984年出版的第一部小说《神经漫游者》在全球创下惊人销量，同时一举夺得当年科幻文学界“雨果奖”“星云奖”“菲利普·K.狄克奖”等三大奖项。赛博空间（Cyberspace，又称网络空间、电子世界）一词便出自此书。

吉本隆明

Takaaki Yoshimoto

1924—2012

日本左翼思想家

速食炒面做法试论

如果速食炒面具有当下意义的话，那是因为它所发生的质变。只要将滚沸的热水注入容器的标记处，完成后的样貌就会如实呈现。

三分钟后，为了倒掉热水，试着倾倒容器。此时，孤独油然而生。孤独低声问：速食炒面是什么？如果速食炒面的热水没有倒光的话……

酱汁渗入面中，眼前所见不是面与酱汁，而是两者的融合体。这究竟象征着什么？象征着人类的食欲和饮食图景，同时象征着它的解体。

人类可以拿起筷子、端起容器吃速食炒面，也可以看着速食炒面却不碰不吃。那是自由意志的选择。不过，人类决定要不要吃的关键，其实是关系的绝对性。

吉本隆明

日本思想家、评论家、诗人，对战后的日本学界有莫大的影响力，不少文人学者均受其影响，被称为“战后思想反思第一人”。他是小说家吉本芭娜娜的父亲。

写真照之诗

Gravure photo poem

不要F也不要G，给我炒面！

当你泡在热水里的时候
仿佛化作海市蜃楼的幻景
宣示着存在感的
身躯逐渐丰盈
为我们展现高尚性感的美丽裸体。
离开热水的你，
一丝不挂地静静等待那个时刻。
被我们，品尝的那个时刻。

多利安助川
Sukegawa Durian
生于1962年
日本音乐人、诗人

速食炒面会

速食炒面。

那是大量生产、大量消费时代的产物。

放调味料、加热水，然后倒掉热水，用酱汁混拌。

只要几个步骤，就能享用。

方便料理的食品。

我们因此得到什么，又失去什么。

三月十一日，东日本大地震。

速食炒面抚慰了许多人的胃。

方便料理的食品。

单调乏味的速食炒面，

一个人边看电视边吃。

一家团圆的时光消失，小家庭即将面临瓦解。

方便料理的食品。

多利安助川

曾为广播企划、编剧。1990年组建“呐喊诗人会”，结合诗的朗读与朋克摇滚的表演方式在当时引起不少话题。代表作有《山羊岛的蓝色奇迹》《恋恋铜锣烧》《多摩川物语》等书。

井上章一

Shoichi Inoue

生于1955年

日本建筑史家

讨厌炒面

速食炒面这东西，好像很受欢迎。我本来就不喜欢快餐食品，所以很少吃。不过，它在日本是划时代的发明，虽然不到受人崇拜的程度，倒也是评价极高的食物。煮开水，倒入已放调味料的容器。三分钟后倒掉热水，加酱汁拌一拌。确实很简单。

像这样照实写出来，怎么想都不觉得好吃。面干巴巴，酱汁也很咸。然而，大多数人还是觉得好吃。难道是我比较奇怪吗？有种味觉被贬低的感觉，心里很受伤。

真的是我的舌头有问题吗？实在很想弄个明白。翻阅当时的资料时，我发现“速食炒面＝好吃”的认知，是人为操作的。所以，速食炒面不是真的好吃。那是因为有人成功地向日本人灌输了速食炒面好吃的神话。

就这样，我想通过调查决定速食炒面评价的因素的过程，来了解人类相对价值观的变化。

正式动笔前，我打算吃速食炒面。吃了几口，果然很难吃。我的舌头肯定没问题。

井上章一

除了建筑史、设计论之外，也常针对关西文化等日本文化发表评论。著作丰富，代表作品有《讨厌京都》《灵柩车的诞生》《美人论》《阪神虎的真面目》《现代建筑家》等。

MU
Magazine MU
日本杂志

直击！U.F.O.内部影像

惊人发现，速食炒面U.F.O.内部装着两颗辣丸！因捕捉到U.F.O.内部照片，事件变得明确了。

令人遗憾的是，照片没能借到，只有我们采访组亲眼看到的画面——那张黑白照片上，确实有两个辣丸，还有酱汁袋子，还有面饼等。

根据给我们提供信息的某联系人说，发现这两个辣丸比在尼斯湖发现水怪的概率还要低。似乎是非常罕见的事情。

最先刊登这张照片的是今年3月出版的*UFO Contacts*

in France（这是一本等待翻译成日文的书）一书。据作者博纳列夫介绍，照片的作者是金。他在来信中提到，3分钟是泡不透的，所以需要等待5分钟。

无论如何，我们的采访小组为了再现U.F.O.速食炒面内部影像，在附近的超市买了两碗U.F.O.速食炒面，买了两包辣条。在其中一碗里放了两包辣条，结果发现，还是需要5分钟才能做好。

果然，真的存在装有两颗辣丸的U.F.O.速食炒面。

对谈：村上龙与坂本龙一

Ryu Murakami Ryuichi Sakamoto

生于1952年 日本小说家

生于1952年 日本作曲家

YS. Café 超速食炒面论

村上：

前些日子我去南美进行采访，吓了一跳。没想到那儿竟然有卖速食炒面的。我在饭店做来吃，结果有种“都出国了，我是在干吗啊”的感觉。（笑）

坂本：

回应你这段话，资本主义使得国境逐渐消失，应该可以这样说吧。都市之间的网络变得发达，物理性的距离显然已不存在。

村上：

是啊，国境变得暧昧不明，形成了超越国家的都市圈。计算机是如此，食物也是如此。

坂本：

特别是快餐食品。速食炒面可以用雅克·德里达（Jacques Derrida，法国解构主义哲学大师，当代最重要、最受争议的哲学家之一）提出的方程式来解读。做的时候得先取出调味料和酱汁，这样不就等于拆开了？最后再组合起来变成一个作品。

村上：

解构主义对吧。而且啊，不管做几次，味道都一样，这可是终极的数字化。无论在哪个国家，由谁来做，味道都相同。

坂本：

如果说店家卖速食炒面是现代化，速食炒面就是去现代化了。

村上：

你吃速食炒面会不会有种幻灭的感觉啊？

坂本：

我很少吃，不太懂你的意思。

村上：

我会喔。在倒掉热水，拌完酱汁吃了之后。不过，快餐食品这东西，简直是计算机的行为不是吗？

坂本：

起码不是动物的行为。野鹿不会想吃速食炒面嘛。

村上：

对啊。很机械式的行为。所以给人不健康的印象，想要反对它。

坂本：

矛盾的是，也会唤起人类的动物本能。但它可以满足食欲就是了。

村上：

嗯。真的很矛盾。速食炒面连接了动物本能的欲望，却排除了人类的情感。正因如此，对我们而言，必须回归那样的问题。

坂本：

你是指厘清自己的存在是吧。

村上：

我想那样的时代就要来了。

坂本：

嗯。打从（二十世纪）七十年代开始就一直有那样的趋势。

坂本龙一

其创作的音乐曲风空灵脱俗，融合东西古今的音乐元素，被誉为新音乐教父。1987年，为电影《末代皇帝》制作的音乐获得“奥斯卡奖”。与村上龙合著《EV.超进化论》。

芥川龙之介

Ryunosuke Akutagawa

1892—1927

日本小说家

罗面门

那起事件发生在申时左右。

奴仆在六分空腹与四分好奇心的驱使下，将手伸向速食炒面。

随着他慢慢掀开碗盖，调味料包与酱料包出现在眼前。奴仆突然觉得自己腹中的食欲猛烈燃烧起来。

他取出两包调味料，伸出右手握住水壶柄，缓缓将热水注入容器内。数分钟后，他将热水沥干。

“你别怨我吃了你。因为我若不这么做就会饿死。”

奴仆将酱料倒在面上，筷子快速搅拌着。他狼吞虎咽地吞下炒面，一会儿就吃得一干二净，只留下如黑洞般空空如也的容器。

没人知道空容器之后的去向。

芥川龙之介

于东京帝国大学就学时，发表短篇小说《鼻子》即受到夏目漱石的赞赏。1927年仰药自杀。1935年，好友菊池宽为了纪念他，设立了“芥川龙之介奖”，现已成为日本重要的年度文学奖项之一，与“直木奖”齐名。代表作有《罗生门》等。

风俗报告
Report of FUZOKU

今天就来开发最厉害的速食炒面吧

你好，速食炒面。我是Takeki Max的记者，好久不见。大家，肚子饿了吗？今天，竟然想，试试“辣椒酱速食炒面超超超大份GIGAMAX”。

不——是——吧！

在开吃之前，我想先调查一下！不管做什么事，事前准备都很重要。

1. 是能吃完的量吗？（泡得太久可能吃不完。）
2. 什么时候吃呢？（早上、中午最理想。）
3. 说明书是不是很奇怪？（可能不是日本产的。）

请仔细检查这些，进行评估。话虽如此，这也不是全部标准，即使这些都符合，也可以根据产品的不同特性生出美好的感觉。怎么说都取决于你。

这样的话。

开动吧！

首先，打开盖子吧。哦，漂亮的面饼露出来了。干得不错！

撒上调味料、豆腐皮，加入开水，大约3分钟。这个时间对于有的人来说真是无法忍受的啊！

倒掉热水后，这次要用油（酱汁）搅拌一下。拌啊！拌啊！拌啊……（失神状态）

大家也试一下吧。

满意度 ☆☆☆☆☆

垃圾邮件
Spam Mail

主题：很抱歉冒昧来信，请问您要继承我的速食炒面吗？

您好，我是桥下惠里菜，三十三岁的寡妇。

我先生已经过世三年，喜欢速食炒面的他留下一大堆给我。

当初因为那是充满丈夫回忆的遗物，我一直小心珍藏，但我决定要开始新的人生。所以如果您有意继承那些炒面，请与我联络。

http://www.cupyakisobamiboujin.com/

注册成为这个网站的会员就能获得继承权。有件事提醒您，必须在今天晚上十一点五十九分之前完成注册。

那么，静候您的回复！

照片墙
Instagram

@cupyakisoba

#速食炒面的做法

#盖子撕至虚线处，倒热水

#盖上盖子，等三分钟

#倒掉热水，加酱汁拌一拌，开动

#小心别吃太多

#会胖喔

#烦欸

假如把速食炒面的做法直接放进书里

比较和考虑的要点

宣传标语

“清爽、浓郁”

文章

“没有结尾处多余的注意事项”“相同部位和动作的表现”“相同词汇的表现方式”“数字、圆框数字”“英文字母、圆框英文字母”“标点符号的多寡”“粗体字、划线、变色”“有无换行”

商品

“酱汁、调味料、美乃滋、海苔粉等的细节”“等待时间”

PEYOUNG 酱汁炒面

MARUKA食品公司

Big!

[烹制方法]

①将盒盖从（A）撕至（B）的虚线，取出酱汁包、调味料包、调味香料粉包。

②把调味料撒在面饼上，注入热水至内侧标线处，盖上盒盖。

③3分钟后，将（C）的沥水孔朝箭头方向慢慢撕开。

④按住盒盖上两处“☆”的部分，自沥水孔缓缓地倒出热水。

⑤撕掉盒盖，加酱汁拌匀，撒上调味香料粉即可享用。

建议热水量480ml。

日清速食炒面 U.F.O. 大阪烧口味

日清食品公司

[限量版]
特制酱汁　美乃滋＋“羽衣舞”柴鱼片

●烹制方法

①取下盒盖上的调味粉包，将盒盖撕开一半，取出酱汁包、美乃滋、柴鱼片包，注入热水至内侧标线处，盖上盒盖，等3分钟。

②撕开沥水孔，拿稳容器，自沥水孔轻轻地倒出热水。

③加酱汁拌匀，挤入美乃滋、撒上调味粉和柴鱼片即完成。

建议热水量460ml。

明星　一平夜店速食炒面　辣明太子口味

明星食品公司

吃过一次，就会迷上。
附上特制的明太子风味美乃滋
明太子的辣搭配美乃滋的香醇。
量刚好！好好挤！真有趣！美乃滋包

烹制方法　建议热水量540ml

1. 将盒盖从①撕至②的虚线，取出酱汁包、特制美乃滋包、调味粉包，注入热水至内侧标线处，盖上盒盖。

2. 3分钟后，把③的沥水孔朝箭头方向慢慢撕开。

3. 拿稳容器，自沥水孔缓缓地倒出热水。

4. 撕掉盒盖，加酱汁、特制美乃滋、调味粉拌匀即可享用。

MARU 俺之盐

东洋水产公司

融合扇贝与昆布鲜美滋味的盐味！
酱汁使用赤穗盐
超可口咸香炒面

烹制方法【建议热水量】530ml

①将盒盖从（A）撕至（B）的标线，取出酱液包、酱粉包、调味料包。

②把调味料撒在面上，注入热水至内侧标线处，盖上盒盖。

③1分钟后，将（C）的沥水孔朝箭头方向慢慢撕开。

④拿稳容器，自沥水孔缓缓地倒出热水。（小心别烫伤。）

⑤撕掉盒盖，加酱液略拌，再撒上酱粉拌匀即可享用。

SAPPORO 一番 多福酱味速食炒面

三洋食品公司

香味极度诱人！
焦香风味的酱汁！
与多福酱共同研发
特制美乃滋　浓稠美味不沾手

[建议热水量510ml]

烹制方法

[1]撕开包装膜，将盒盖从（A）撕至（B），取出三种调味包（酱汁、美乃滋、调味粉），注入热水至内侧标线处，盖上盒盖。

[2]把酱汁包放在盒盖上弄热。

[3]三分钟后，将（C）的沥水孔朝箭头方向慢慢撕开。拿稳容器，自沥水孔缓缓地倒出热水。

[4]撕掉盒盖，加酱汁拌匀，最后挤美乃滋、撒上调味粉即完成。

NEW TOUCH 仙台牛舌风味 盐味速食炒面

YAMADAI公司

特调香料是美味关键！
仙台宫城观光吉祥物“伊达政宗饭团”
认证编号28225

【烹制方法】建议热水量：540ml

①将盒盖撕至标线，取出酱汁包、调味料包、香料包。

②把调味料撒在面饼上，注入热水至内侧边缘处，盖上盒盖。

③4分钟后，将沥水孔朝箭头方向慢慢撕开。

④拿稳容器，自沥水孔缓缓地倒出热水。（请小心操作以免烫伤！）

⑤撕掉盒盖，加酱汁拌匀，最后撒上香料即可享用。

JANJAN 酱汁速食炒面

ACECOOK

10种蔬果口味

★本书刊载的是两种蔬果口味的简单版

烹制方法

①取出酱汁包。

②注入热水（不可微波），把酱汁包放在盒盖上弄热。

③3分钟后，沥干热水（请勿用力甩）。

④加酱汁拌匀。

A-One 炒面 什锦口味（越南）

进口商：Fuji Food Service

什锦炒面
越南盐味炒面　什锦口味

烹制方法

1. 将面和调味料放入容器，注入400ml的热水，盖上盖子，等3分钟。

2. 轻倾容器，从盒盖上的沥水孔倒出热水。

3. 加调味粉与调味油包拌匀。

注意事项：请小心操作以免烫伤。

假如村上春树为本书写了“后记”……

38岁的我，没有坐在波音747的机舱内，而是待在高圆寺的老旧咖啡厅，边喝咖啡边点着第2549根烟。此时，手机响起。糟糕！是编辑打来的。

起初，我想假装没听见，因为咖啡因正刺激着我的大脑。但我还是接了电话。

编辑说快点写稿——简而言之——就是这样。

“搞什么啊！”挂断电话后，我不禁碎碎念。然而，情况没有任何改变。

我得写稿。这单纯的事实就摆在眼前。点了一份日式拿波里意大利面，试图转换心情。这家咖啡厅因为这道美味的料理而出名。时钟正指向下午四点。扭转表冠调整时间。这么一来，这世界的矛盾或缺陷也会慢慢修补复原。不过，稿子并未因此完成。继续待下去也于事无补。我决定去别家咖啡厅。心想，去阿佐谷[1]好了。

虽然轻声吐出“阿佐谷”三个字，状况仍未改变。稿子的进度依旧是零。这脑袋简直像是被切碎的鸟脑。结账吧，给钱的时候发现，店员只有四根手指。

走出店外。途中与无脸男擦身而过。抵达高圆寺车站后，一位稍有年纪的女性跟我攀谈。她说快点写稿——简而言之——就是这样。“搞什么啊！”我比刚才说得更大声，语气也更强硬。

为什么我得被不认识的女人催稿。心里有点发毛，索性打道回府。

截稿日迫在眉睫。强忍心中的焦急，本想做鲔鱼火腿三明治——都什么时候了还有心情做三明治——随即打消了这个念头。这样的我，用以下的心情为本书画下句点。

---

① 东京都杉并区的地名。此处有许多爵士咖啡厅与音乐展演空间。

“完美的稿子并不存在，如同完美的绝望并不存在。”

2017年5月　没有任何计划的黄金周的深夜

村……喔不，神田桂一

假如柳家小三治[①]为本书进行“解说”

欸——

话说从前，法国有个雷蒙·格诺[②]先生来到日本。对于炸猪排定食附的柠檬，不知该挤在猪排上还是高丽菜上，喔！那不是他啦。

（暂停——观众——喷笑）

他好像有写诗和小说之类的东西，四十一年前这位老伯……啊，他已经上天堂了。格诺先生写了一本叫《风格练习》（*Exercices de style*）的书，听起来好像多有学问，这家伙！用我拿手的英文来说，应该就是

① 落语家的名号，目前传至第十代。

② 法国小说家、诗人、剧作家。1947年出版的《风格练习》引发各种跨界效应，至今已有三十多种语言的译本。

“creative”（创造力）吧。他把发生在街头巷尾的日常小事，用九十九种文体进行描写，堪称顶级的文体游戏。总是一套说辞打通关的我，闲扯再多，各位大概也听不懂。等会儿散场后，走出末广亭[3]，请立马赶去明治通的纪伊国屋新宿总店买那本书。啊，千万不可以站着看完喔！不想买可以用偷的……

（观众——笑）

说到书店，几年前不是有本大卖的书，叫“如果高校棒球女经理读了彼得·德鲁克”（岩崎夏海著）。简称“如果德鲁克”吧。结果啊，去年网络上冒出一个类似的名称，叫“如果村上春树写了速食炒面的‘做法’”。内容就是那样。发文者是靠写作为生的菊池良，他在推特上发了这个推文。阿良这名字，乍看会联想到某派出所的某人[4]对吧。这梗蛮好笑的，在推特上还被

---

③ 建于1897年，超过百年历史的老字号曲艺场。

④ 菊池良的良（ryou）和日本知名卡通片《乌龙派出所》的主角两津勘吉（阿两）的两（ryou）发音相同。

转推。就像水户黄门的跟班爆红一样……

（暂停——观众——无言）

这小子引起蛮大的回响，网友纷纷学他用各种文体写了“速食炒面的做法”发到推特，甚至整理成“懒人包”。该说是当成在做义工，还是没事找事做，搞不懂欸。

后来，阿良的工作伙伴小桂——神田桂一把用村上春树文体写速食炒面做法的事写进杂志里。某天他俩闲聊时说道：“真想用村上春树的文体写本书。”然后，应该是去年九月吧，他俩把这点子告诉小桂认识的谦叔——石黑谦吾⑤。谦叔自己有写书、编书，看过不少书。超爱次文化⑥与创意模仿的他，听完后立马——双

---

⑤ 畅销书《再见了，可鲁：导盲犬可鲁的故事》的作者。

⑥ 从主流文化衍生出来的新兴文化，也就是小众文化。次文化多半显现在面对事物的思想、态度、习惯、信仰与生活方式上，可说是一种相对于主流文化的价值或信念，也是伴随主流文化产生的另一种特殊的价值观念和行为。

眼发亮！

迫不及待想尝试。谦叔兴奋地直呼横山剑[7]的口头禅：“水——喔！水——喔！！水——喔！！！”但他随即想到一件事。谦叔很爱《风格练习》这本书，他也看过阿良的推特，觉得那些推文能够出书。与其用村上春树的文体描写各种状况编成书，不如用知名作家的文体写速食炒面的做法，这种内容会更受欢迎。阿良和小桂两人各自负责五十人，加起来一百人，比雷蒙·格诺还多。不是传卫门小暮（demon kogure）[8]，发音是有点像。

（暂停——观众——喷笑）

小桂和阿良对这个企划充满兴趣，两人直呼：“来写吧！来写吧！”于是，谦叔立刻向他的老友，同样也是超爱次文化与创意模仿的宝岛社编辑九内俊彦——阿

---

⑦ 横山剑本名横和正佳，日本歌手、作曲家。

⑧ 日本知名摇滚乐团“圣饥魔II”的主唱 也是作家、相扑评论家。

彦提出企划书。阿彦待的那家出版社，只要主题够吸引人就会有意愿出版。正因为如此，虽然担心企划不会过关，还是豁出去了，结果对方果然上钩！决定要出书了。

既然已经定案，开始着手书的设计。他们和谦叔的创意模仿同好寄藤文平、杉山健太郎碰面讨论。欸——现在我手上这本书，就是它，从仿写文体而不是仿写形态这点来看，称得上是历史留名的书，这么说一点也不夸张喔。假如这书大卖，小桂和阿良下一本想写《如果村上春树乱入日常生活的场景》，请多关照八五郎、熊五郎⑨。将来，说不定这两本书会被简称为“如果文”“如果村”。

---

⑨ 落语《冒失大杂院》的角色。八五郎个性冲动冒失，熊五郎同样冒失但个性温吞，两人之间发生诸多荒唐的闹剧。八五郎从浅草观音寺回家的途中，遇到一个倒在路边的人。他立刻认定这人是熊五郎，还带着“当事人”去确认身份，甚至一起领遗体。该在大杂院的人却倒在路边，该是活生生的人却死了。两人看不到这显而易见的矛盾，旁人说也讲不通。最后，熊五郎想带回“自己”而抱着遗体，他心想：被抱着的确实是我，那正抱着我的又是谁呢？

啊，以开场白冗长闯出名号的我，居然是出现在书的最后？也罢，难得有这等奇书邀我，我好像也该配合演出一下对吧。其实啊，我有书想介绍给大家，所以才会答应这个邀约。就是讲谈社文库的《开场白》（ま・く・ら）和《又一个开场白》（もひとつま・く・ら），作者是柳家小三治。听了超级长的开场白，各位肯定都累了吧，真是抱歉。再麻烦大家支持一下那两本书……

卯……喔不，石黑谦吾